この度、双子の妹が私になりすまして
旦那様と初夜を済ませてしまったので、
私は妹として生きる事になりました

アンナマリー
アンネリーゼの双子の妹。
姉と見分けるのが難しいほどよく似ている。
幼い頃から両親に甘やかされて育てられ、
何事も自分が一番でないと
気が済まないワガママ娘。
アンネリーゼ
ラヴァル伯爵家の長女。
跡取り娘として幼い頃から
厳しく育てられた。
夫のオスカーと初夜を迎えるはずが、
双子の妹のアンナマリーに
寝取られてしまい……？
Characters

アレキサンドロス
一見するとつぶらな
瞳の青い鳥だが、
その正体は精霊。
本来の飼い主・
リシャールより
アンネリーゼが大好き。
オスカー
侯爵家の三男坊。
引っ込み思案で気が弱い。
政略結婚で
ラヴァル家に婿養子に入る。
リシャール
王太子。気難しい性格で
女性が近づくのを良しとしない。
アンネリーゼに
対しては違うようで……？
フランツ
リシャールの弟で第二王子。
優秀で気難しい兄と違って、
軟派な性格。兄のリシャールに
反発して見えるが本心は……？

プロローグ

ラヴァル伯爵家の長女アンネリーゼは、この度結婚が決まった。ラヴァル家には跡継ぎとなる男児はおらず、長女であるアンネリーゼが婿養子を迎える事になった。

挙式は準備の都合で後回しにして、先に籍を入れる事になり、今日手続きを済ませたばかりだ。政略結婚に加え急な話だった故、夫となった彼・オスカーとはまだまともに会話すらできていない。

彼は侯爵家の三男で、容姿は結構整っている。頭はよく、性格は受け身で控えめ。婿養子には打って付けの人材かもしれない。母がいたく気に入った事で結婚が決まった。

「すぐに決断しないと、他家に取られてしまうでしょう!?」

確かに三男といえど、侯爵家には違いない。母は家柄など世間体を気にする人なので、彼の人柄というよりも、肩書きに惹かれたのだろう。

ちなみに、アンネリーゼの父である伯爵も婿養子だ。一応伯爵という肩書きではあるが、実質家長は母だ。ラヴァル家に関する決定権は全て母にあり、昔から父は空気そのものだった。

そんなアンネリーゼには、双子の妹であるアンナマリーがいる。長女のアンネリーゼは、幼い頃から跡継ぎとして英才教育を受けてきたが、妹のアンナマリーは自由奔放に過ごしてきた。母は姉に厳しく妹には滅法《めっぽう》甘い。顔はそっくりでも性格が控えめなアンネリーゼに対して、母は自分によく似て気の強い妹が可愛くて仕方がないのだろうと思う。

妹は現在、首都にある貴族や王族専門の学院へ通っている。ラヴァル家の屋敷はど田舎にあるため、一人で暮らしている。その妹がアンネリーゼの結婚にあたり、長期休暇を取って帰ってきた。

「お姉様、おめでとう」

妹は満面の笑みで祝いの言葉を述べるが、本心は分からない。昔から自分本位な性格で、何事も自分が優位でないと気が済まない。後でグチグチ言われなければいいけど……と内心ため息を吐く。

その夜、祝いの宴も終わり、父と母は部屋へ戻り、旦那も先に二人の寝室へ向かった。広間には必然的にアンナマリーと二人きりになる。

「お姉様、少しだけ話さない？」

「オスカー様が待っているから、少しだけね」

久々とあって断りづらく、断ったら断ったでうるさいのは目に見えている。アンネリーゼは仕方なく席に着く。暫くたわいのない会話をしていると、妹が侍女にお茶のお代わりを頼んだ。

「アンナマリー、悪いけど、私そろそろ行かないと」

「あとちょっとだけ！　このお茶ね、お姉様のために用意したのよ。すごく美味《おい》しいから、お姉様にも飲んでもらいたくてね。ね？　いいでしょう？」

あまりにもしつこいので、アンネリーゼはそのお茶を飲んでしまった。すると暫くして急激な睡魔に襲われ……そのまま意識を手放した。そして目を覚ました時には、朝を迎えていたのだった。

第一章　波乱の幕開け

アンネリーゼは日差しの眩しさにゆっくりと目を開けた。頭がぼうっとする。いつもならこんな風にはならない。朝は割とすんなり起きられる。風邪でも引いてしまったのだろうか……

そんな事を考えながら身体を起こし、部屋を見渡した。ここは妹の部屋だ。

「私、どうして……」

ぼんやりと昨夜の事を思い返していく。確か妹と話をしていて……お茶を勧められて飲んだ。そしたら急に眠気に襲われて、そこから記憶がない。

「あ！　大変っ！」

そうだ。夫のオスカーを待たせたままだった！

アンネリーゼは慌ててベッドから飛び起きると、部屋を出た。初夜だったのに、妻がいつになっても来ないで待ち惚けなどあり得ない。アンネリーゼは夫婦の寝室へと向かった。

扉の前で立ち止まり深呼吸をする。いくらおとなしそうな彼でも流石《さすが》に怒っているかもしれない。

だが、過ぎてしまった事はどうにもできない。とにかく謝るしかないと、意を決して扉を開けた。

「え……何、してるの」

アンネリーゼは目を見張る。未だぼうっとしている頭に追い討ちをかけるような光景が、そこには広がっていた。自分の夫であるオスカーと妹のアンナマリーが一糸纏《いっしまと》わぬ姿で抱き合った状態で眠っていたのだ。

「ん～、何よ、うるさいわね……」

アンネリーゼの声で目を覚ました妹は欠伸《あくび》をしながら、ゆっくりと身体を起こす。すると、隣で寝ていた彼も目を覚ました。

「うるさいって……そうじゃなくて！　何してるの!?　アンナマリー!?　オスカー様も……」

オスカーは寝起きという事もありうまく状況が理解できていない様子だ。仕方なく、自分がアンネリーゼだと主張するとようやく理解したらしく、慌て出した。

「は!?　君がアンネリーゼなのか!?　じゃあ私の隣にいるのは……」

「今オスカー様の隣にいるのは私の妹のアンナマリーです！　昨夜ご紹介致しましたよね!?」

「え、あ……まさか、そんな……」

見る見る顔面蒼白になるオスカーをよそに、アンナマリーは彼に抱きつく。

「昨夜は激しくてと～ってもよかったです、オスカー様」

「ち、違う！　私はアンネリーゼと間違えて……」

「酷いわ！　お姉様と間違えて私の処女を奪ったの!?」

明らかに白々《しらじら》しい態度の妹に、アンネリーゼは頭を抱えた。迂闊《うかつ》だった。よく考えたら色々不自然だった。自分より早く結婚した姉を手放しで祝い、これまで会話なんて殆《ほとん》どしなかったのに急に話したいと言ってきて、尚且つ、アンネリーゼのためにお茶を用意するなど……。恐らく、あの急

激な睡魔は睡眠薬か何かのせいだろう。未だに頭がもやもやしているのが何よりの証拠だ。

離れて暮らすようになり、少しは成長したのかと思った自分が馬鹿だった……。これではむしろひどくなっている。

「一体朝から何事なの⁉」

そこに騒ぎを聞きつけた母と父が現れた。アンネリーゼは事の顛末を二人に告げる。すると母は予想外の反応を見せた。

「なるほど、分かりました。済ませてしまったものは仕方ありません。こうなればオスカーさん、見抜けなかった貴方にも落ち度はありますから責任は取っていただきますよ」

「せ、責任と言われましても……」

「貴方にはアンネリーゼではなく、アンナマリーと結婚していただきます。見た目は変わらないのだし、問題ないでしょう」

母のとんでもない発言に開いた口が塞がらない。

「もうすぐ式も控えています。招待状もアンネリーゼとオスカーさんの婚儀となっていますから、まさか姉ではなく妹になりましたなんて言えません。ラヴァル家の名誉に関わります。ですから……アンネリーゼ」

母が鋭い視線を向けてくる。まるでアンネリーゼが悪者のように思えてくる。

「貴女《あなた》は今日からアンナマリーとして過ごしなさい」

暫く呆然と立ち尽くす。何を言われたのか分からなかった。アンナマリーとして過ごせとは？

と真面目に考えてしまった。だが、暫くして理解した。要は入れ替わるのだ。姉と妹が……

「そんな、いくら何でもそれは……」

あり得ない、そう続けようとした時アンナマリーが泣き出した。

「ごめんなさい、お姉様……私っ、オスカー様に一目惚れしちゃって……くすん……だから……」

全て嘘だ。その涙も言葉も。昔からそうだった。母や父、周りの人は騙せてもアンネリーゼには分かる。やはり双子だからだろうか。

「大丈夫よ、アンナマリー。全く問題ないわ」

いや、むしろ問題しかないですが⁉ 呆れて言葉すら出ない。母は本当に妹に甘過ぎる。

「いいですか、アンネリーゼ。もう入れ替わるしか方法はないの。アンナマリーの大切な貞操を奪われてしまい、一度でも床を共にすれば子供ができる可能性もあるのだから。もし身籠ってでもいたらどうするの⁉ 貴女《あなた》、責任取れるの⁉」

奪われたではなく、自ら奪われに行ったの間違いですが。むしろ彼は被害者だと思う。そして何故、自分が責任を取る取らないの話になるのか……一応、私も被害者です。

母の横暴な物言いに呆れつつ、オスカーを見遣《みや》ると、彼も母の気迫に押され項垂《うなだ》れていた。そして渋々了承をする。一応部屋の片隅にいる父にも視線を向けるが……いつもの如く空気だ。役に立ちそうにない。

「分かりました。……ただし、アンナマリー。後から苦情は受け付けないからね。それに私は、こんな事されてすんなり許せる程優しくもない。だから、今後何があっても私を頼らないで。もう貴女《あなた》とは関わりたくないの」

思い返せば昔から妹は調子が良くて、ずる賢く要領がいい。母が大好きというわけではないのに、いつも母にべったりで気に入られていた。一方アンネリーゼはというと、母の人間性は好きではないが、家長としては尊敬している。陰で悪く言う事もない。反対にアンナマリーは、陰で母の悪口をよく言っていたのを覚えている。

「お姉様、酷いわ!! ……そんなっ……たった二人きりの姉妹なのに……。でも私が全て悪いんだから……仕方、ないわよね。分かった……」

妹が内心ほくそ笑んでいるのが伝わってきて、アンネリーゼは顔を顰《しか》める。そして追い討ちをかけるように母は……

「心の狭い姉ね。これぐらいの事でそこまで言うなんて。妹が可哀想じゃないの?」

どうして私が悪いみたいに言うのか……

母の事は尊敬していたが、この瞬間もうどうでもよくなってしまった。

アンネリーゼは無言で部屋を出ていく。自室に戻るとすぐに荷造りを始めた。

「アンネリーゼ様」

「心配いらないわ。どうにかやってみるから」

侍女のリタが心配そうに話しかけてくる。彼女はアンネリーゼより一回り年上であり、昔から身の回りの世話をしてくれている。

「私もお連れくださいませんか」

少し悩んでから、アンネリーゼは頷いた。本当は彼女のためにも断ろうと思ったが、これから自分を捨てて、アンナマリーとして生きていかなくてはならない。それなら彼女にだけは自分がアンネリーゼだった事を覚えていてもらうのも悪くない。そう思ったのだ。

馬車に揺られる事、数日。アンネリーゼは本を読んだり、時折窓の外を眺めて過ごしていた。これまでずっと、あのど田舎にあるラヴァル家の屋敷でほぼ引きこもって生活をしてきた。こうして長い時間馬車に揺られるなど生まれて初めてだ。

妹や母からあのような仕打ちを受けて、もやもやした気持ちはまだ拭えないが、こうしているとあながち悪くないかもしれないと思えてくる。以前アンナマリーが学院に入学すると聞いた時、正直羨ましかった。自分も通ってみたいと思い母に相談した。だが、母には「貴女《あなた》には家庭教師がいるのだから、必要ありません」と言われて全く取り合ってもらえず、叶う事はなかった。故に今は、憧れの学院生活に期待を膨らませていた。

「疲れた……」

アンネリーゼはげんなりとしながら馬車を降りる。半月と少しかけてようやく首都にある屋敷へと辿り着いた。

「お帰りなさいませ、アンナマリー様」

屋敷の中へと入ると、まだ年若い侍女に出迎えられた。

（あー……えっと、確か彼女の名前は……）

アンネリーゼは資料の内容を思い出す。実は屋敷を出る間際、アンナマリーから彼女の人間関係とその名前の書かれた紙の束を手渡された。無論アンナマリーがそんな些末な作業をするはずはなく、この資料を作成したのは妹の侍女だ。そして道中それに目を通しておいた。

『くれぐれもヘマしてバレないようにしてよね、お姉様？　あ、間違えちゃった。アンナマリー？』

嫌味ったらしくそう言った妹の顔を思い出して今更ながらにイラつく。

「ただいま、ニーナ」

（え、もしかして……違った？）

小柄で栗色の髪、顔にそばかすの特徴が一致していたから、てっきりそうだと思ったのに……。

これは初《しょ》っ端《ぱな》からまずいかもしれない。

何も返事をせずに硬直している侍女に、アンネリーゼは焦った。

「アンナマリー様……どこかお加減が優れないのですか？」

怯えた様子でいきなりそんな事を聞かれた。

「……どうして？」

平静を装うが、内心は心臓がドキドキとしている。

「い、いいえ、私を名前で呼んでくださるなんて初めてでしたので……それに、ただいまなんて……」

（ん？　それは一体どういう事？）

ニーナの言葉に、アンネリーゼは顔を引きつらせたまま固まった。何だか物すごく居心地が悪い。

アンネリーゼは食堂にて夕食を摂っていた。先程のニーナもそうだが、他の使用人達も何故だか沈むように暗い。しかも、誰も目を合わせようとすらしないのだ。

食堂の端に、申し訳なさそうに佇《たたず》む執事。皿を置く時の手が震えていた。何をそんなに怯える事があるのか……。この屋敷にいる使用人は、全て本家の使用人ではない。屋敷を用意した際に現地で見繕った者達だ。故にアンネリーゼは一体何が起こっているのかが分からない。

「ねぇ、リタ」

「はい、お嬢様」

名前で呼ぶと万が一間違えたら困るという事で、お嬢様呼びにする事になった。

「この屋敷の使用人達、変じゃない？　異様に暗いし、何だか怯えてるみたいだし」

食事を終えたアンネリーゼは部屋でゆっくりとお茶を啜《すす》っていた。リタ以外の使用人は下がらせたので、今は二人きりだ。思わずため息を吐く。

バレないようにと神経を尖らせていたので、やたらと疲れてしまった。

「確かにそうですね」

アンナマリーのせいに違いないのだが、詳しい原因が分からない。

「よろしければ、私の方で少し探りを入れてみます」

取り敢えずこの件はリタに任せてアンネリーゼは、先に休む事にした。アンナマリーが申請した休暇は明日までだ。二日後からは学院に通う事になる。今のうちにゆっくり休んでおきたい。

翌日、アンネリーゼは資料を眺めていた。明日から学院生活が始まる。馬車の中でパラパラと目は通したが、流石《さすが》に全ては覚えきれていない。

「それにしても、男性ばっかり……」

改めて見てみると、友人知人の欄にはどれも男性の名前ばかりが並んでいる。女性の名前がほぼない。あの妹の事だ、期待はしていないが……これは嫌な予感しかしない。

そもそも、アンネリーゼは男性があまり得意ではない。恐怖症ではないが、何しろ身近にいた男性といえば父くらいで、いい印象がまるでない。オスカーとは家のためにと結婚したが、好きになれる自信はなかった。初夜も気乗りはしなかったが、これも仕事だと思ってやり過ごすつもりだったのに妹に寝取られてしまった。

「あと、このハートマークは何？」

名前をハートで囲んでいる。全くもって意味不明だ。

「でも、この名前どこかで見たような……」

(う～ん。まあ、いいか……)

アンネリーゼは資料を閉じる。大まかな特徴や名前は何となくは頭に入った。ただし、資料は雑過ぎて詳しい事柄は書かれていない。

流石《さすが》はあの妹の侍女だ。ちなみに、この資料を作成した侍女は今、アンナマリーと一緒に本家にいる。そして、その侍女はリタの妹だったりする。やはり血を分けた姉妹でもこうも違うのかと呆れつつ、人様の事は言えないとため息を吐いた。

「お嬢様、如何《いかが》なさいますか？」

リタが苦笑しながら、明日の登校用のドレスを順番に広げて見せてくる。無論、全てアンナマリーの物だ。

「え、あー……うん……」

思わず言葉に詰まってしまった。何故ならドレスのセンスが悪過ぎる。色も形も派手で露出が多く、品性の欠片《かけら》も感じられない。ドレスを見た感想は、娼婦のようだ……その一言に尽きる。

一体妹は学院に何をしに行っていたのだろうかと、これを見て思わざるを得ない。

「普通のドレスは……ないわね」

普通ならば、いくら派手で露出の多い物が好みでも、無難なドレスも少しくらいは持っているものだが……ない。クローゼットのどこを探しても、全くない。

「如何《いかが》なさいますか？　念のためにお嬢様のドレスを数着ですが持ってきております。……そちらになさいますか」

リタの提案にアンネリーゼは一瞬目を輝かせるが、すぐに眉根を寄せた。自分のドレスは正に妹と正反対の物だ。流石《さすが》にこれで登校したら変貌し過ぎる。周囲は不審がるに違いない。きっと即バレて終わりだ……

だがこのドレスの中から選ぶ勇気がでない。どうしても躊躇《ためら》ってしまう。

「外套《がいとう》だけ、自分の物にするわ……」

極力露出の少ない物を選ぶしかない。そうじゃなくても、不安しかないのに着る物一つでこんなに悩む事になろうとは……気が重い。

翌日、アンネリーゼは馬車に揺られながら学院へと向かった。外套《がいとう》の中には小さな鞄を提げており、中には資料を簡易的に纏《まと》めた手帳と学院内の地図がある。無論目は通したが、もしも迷子になった時のための物だ。

準備は万端……のはず。あとはなるようにしかならない。程なくして、馬車はゆっくりと速度を落とすと大きく揺れて停まった。どうやら到着したようだ。

緊張しながら馬車から降りると、一度呼吸を整えた。そして学院の門を見遣《みや》り、意を決して足を踏み出した。

取り敢えず、通りかかった生徒に挨拶をしてみた。すると、完全無視されてしまった。はじめは聞こえていないのかと思い、他の生徒にも同様に声をかけるも、またもや無視される。

(え、何、なに？　何で!?)

予想以上だった。早くも心が折れそうだ。

しかも無視されるだけではなく、アンネリーゼを遠巻きにして眺めながら何やらヒソヒソと話している。その視線は当然好意的なものではない。

(……と、取り敢えず教室へ向かわないと。アンナマリーのクラスは……)

一瞬呆然と立ち尽くすも、気を取り直して思考を巡らせながら辿々しい足取りで歩いていく。すると向かいから男子生徒三人が歩いてきて、彼らが資料の特徴と合致している事に気づいた。

(きっとアンナマリーの友人ね)

そう思い、すれ違う直前に声をかけてみた。

「ご機嫌よう……」

瞬間三人は目を見張る。そして、中心にいる美青年に睨まれた。

「二度と私に話しかけてくるなと言ったはずだが」

（挨拶をしただけなのに、キレられました……）

アンネリーゼは唖然とする。今までの人生でこんな経験はした事がない。無視の次は挨拶しただけでキレられるなど。アンナマリー……一体何がどうしたらこうなるわけ⁉　この場にいない妹を問いただしたくなった。

「暫く姿を見なかったから、辞めたのかと思ったのに……残念」

（残念って……）

美青年の隣の青年に、更に追い討ちをかけられた。人好きのする笑みを浮かべながら、さらりと毒を吐く。一見すると穏やかそうなのに……怖過ぎる。

アンネリーゼは男性三人から凄まれ、暫しパニック状態になった。唇をきつく結び黙り込む。

「お前のような低俗な人間の顔を見るだけで吐き気がする。今すぐ失せろ！」

「っ……」

アンネリーゼは彼の気迫に押されて後ろによろめく。そのまま倒れそうになるが、何かにぶつかった。

「おっと、アンナマリー大丈夫？」

抱きとめるようにして身体を支えてくれた男子生徒を見上げる。

「え、あ……」

（今度は誰⁉　敵が増えた⁉）

気が動転して、もはや資料の内容など吹っ飛んだ。誰が誰かなんてもう分からない。頭が真っ白になり固まる。

「兄さん、流石《さすが》にそれは女の子に対して紳士的じゃないな」

男子生徒は、未だ鋭い目で睨んでいる美青年の彼をそう呼んだ。

「フランツ、お前には関係ない事だ。その女に紳士に振る舞う必要など」

「まあ、まあ。そんなにカッカしないで。綺麗な顔にシワ、できちゃうよ？」

フランツと呼ばれた青年は戯《おど》けたように話すと、アンネリーゼの腕を掴んだ。

「ほら、アンナマリー。行こう」

フランツ……確か資料に名前があった。ハートマークのついた男性だ。アンネリーゼの腕を引き前を歩く彼の背を眺めながら、ぼんやりと思い出す。前を歩く彼の背を眺めながら、ぼんやりと思い出す。

「相変わらず兄さんは手厳しいよね。でもさ、流石《さすが》アンナマリーだね。あんな事があったのに平然と話しかけるなんて」

気づくと校舎の裏庭へと来ていた。フランツは立ち止まると手を離し、近くのベンチに座った。

「あー……まあ、そうでしょう？」

適当に相槌を打ったのはいいが、思わず声が上擦《うわず》る。

(あんな事⁉　あんな事って何⁉　そういえば先程の彼、随分怒ってたけど……。妹は一体何をしでかしたわけ⁉)

「うん、そうだね。でも、そんなところも魅力的だよね」

「え……⁉」

彼の隣に座るのは憚られたため立っていたアンネリーゼだが、突然腕を引かれてバランスを崩すと、フランツの膝の上に倒れ込んでしまった。

「あ、あのっ……じゃなくて、何するのよ⁉」

驚きのあまり一瞬、元の自分に戻りそうになるが、慌てて妹の真似をして答える。ただ顔が熱くなるのはどうにもならない。今アンネリーゼはフランツの膝の上に乗り、抱きかかえられた状態で、顔もお互いの息がかかるほどに近い。

男性に免疫がないアンネリーゼに、この状態は耐えられない。

「何って……分かってるくせに」

耳元で囁かれ、彼の熱い息に身体を震わせる。

「アンナマリー……。久々だから、僕……我慢できない」

身体を撫で回され、全身がぞわりと粟立つ。

(嘘……でしょう⁉　まさかこんな場所で⁉　こんな朝から⁉)

フランツの手がアンネリーゼの膨らみに触れた瞬間……

パンッ‼

乾いた音が裏庭に響いた。

「痛いよ～」

フランツは頬を押さえる。だが、何故か笑っている。

（やっちゃった……）

アンネリーゼは、触れられた瞬間フランツの頬を叩いてしまった。

「ははっ。酷いな～もう少し手加減してくれてもいいのに」

「ごめんなさ……」

「どうしたの？　いつもなら積極的に、自分からおねだりしてくるのに」

（おねだりって……やっぱり、そういう関係なの!?）

「……君、アンナマリーじゃないよね」

フランツの指摘に心臓が跳ねる。目を見張り、フランツの顔を見た。

先程とは打って変わり、射貫くような鋭い視線が向けられる。

「……」

「黙るって事は、認める事になるけどいいの？」

「……私が、アンナマリーじゃないなら誰だと言うの」

バレたらまずい。そう思い、アンネリーゼは無意識に口調が強くなり顔も強張《こわば》る。

「う～ん……お姉さんとか？」

「っ……」

「もしかして当たり？　実は結構前にアンナマリーが、ボソッと姉がいるって言ってたのを覚えてたんだ。でもまさかこんなそっくりなんて思わなかったけど」

(学院生活一日目にして、いきなり絶体絶命だわ……)

アンネリーゼは自分の演技力のなさに、頭を抱えた。

ダメだ……頭をいくら回転させても何の良案も浮かばない。どうにかしてこの場を切り抜けられないかと考えてみるが、無理だ。これはもう本当に終わった……

項垂《うなだ》れるアンネリーゼとは反対に、フランツは実に楽しげだ。

「そんな落ち込まないでよ。大丈夫、大丈夫。僕これでも口堅いから、この事は内緒にしておいてあげる。その代わりに、どうして入れ替わってるのかは教えてもらうけど」

(口が堅いね……)

項垂《うなだ》れていた顔を上げ、フランツの顔をまじまじと見遣《みや》る。ヘラッと笑っている。

嘘だ……絶対ペラペラ喋りそう……。むしろご丁寧に、尾びれ背びれまでつけてくれそうだ。

「どうする？」

「……」

アンネリーゼがどうしたものかと戸惑っていると、更にとんでもない事を言い出した。

「教えてくれないならいいや。それなら今から各教室を回って、アンナマリーは偽物と入れ替わってるって叫んでくる」

(はい!?　何それ!?　脅しなの!?)

「そんな事止めてくださいっ‼　困ります‼」

フランツは立ち上がると背を向けて歩いて行ってしまい、アンネリーゼは慌てて彼を引き止めた。

「だよねー、困るでしょう？　なら、話してくれるよね」

満面の笑みで詰め寄られ、アンネリーゼは観念した。

「ふ～ん、双子の姉ね。だからそっくりなんだ。見れば見るほど似てるよねー、中身以外」

穴が空きそうなほど凝視されて、居心地が悪い。

「それにしても、流石《さすが》アンナマリー！　やるねー」

掻《か》い摘《つま》んでこれまでの経緯を説明すると、フランツは妹を称賛するような発言をした。その事にアンネリーゼは、ドン引きする。

「勘違いしないでよ。別に褒めてるわけじゃないから。ただ、アンナマリーらしいなってね」

「はぁ……」

フォローにならないフォローに呆れる。

「でも、その……フランツ様は嫌ではないんですか」

「何が？」

「アンナマリーが、他の男性と……」

先程のフランツとの会話から、妹と彼が身体の関係にあると確信した。それなのにもかかわらず、まるで気にする素振りは見せない。普通ならば自分とそういった関係にある女性が、他の異性と仲良くしているだけでもいい気はしないだろうに、更に閨《ねや》を共にしたとなると……。しかも姉から略奪して妻の座に収まったのだ。

（あれ、でも確か……）

その瞬間アンネリーゼはあの時の妹の発言を思い出した。妹は「処女を奪われた」と話していた。

だが、フランツの話が本当だとすると嘘だった事になる……

「ちなみに僕とアンナマリーは、そういう友達なだけで恋愛感情とかは全くないから。でも身体の相性は抜群で……」

「そんな事、聞いてませんから!!」

さらりととんでもない発言をしてくるので、アンネリーゼは思わず彼の言葉を遮《さえぎ》ってしまった。

「まあ、人生はさ……なるようにしかならないよ。旦那を寝取られたのは災難だけど、せっかくなんだし学院生活でも楽しんだら？　君が卒業するまで、僕が側にいてあげる」

寝取られたのはそうだが、そんな単純な話ではない。だが、確かにフランツの言う事も理あるかもしれない。それにこうして彼と話していると、すごく馬鹿馬鹿しい気持ちになってくる。

「そうですね、フランツ様の言う通りかもしれません」

「そうそう、一緒に楽しもうよ」

そう言いながらフランツはアンネリーゼに抱きついてきたので、みぞおちに肘鉄を食らわす。

「痛いっ！」

「あまり調子に乗らないでくださいね、フランツ様？」

満面の笑みで言ってやった。

「あ、そうだ！　校内を案内してあげるよ」

だがフランツは、まるで意に介する事なくそんな提案をしてきた。その様子に脱力してしまう。

「あのでも、授業が……」

「そんなのサボっちゃえばいいじゃん」

気軽に言ってくれるが、サボるなんてあり得ない、そう思ったが——

（結局サボっちゃった……）

あの後、フランツに学院内を案内してもらった。これからアンナマリーとして過ごすなら、色々と覚えなくてはならない。資料や地図を見るより、直接見た方が早いのは確かだ。

「アンナマリーとは入学してからの付き合いだから、任せて」

そう話すフランツは、アンネリーゼの言動を事細かに指摘してきた。

「それ違う」

「アンナマリーは、もっとこんな風に……」

などなど。双子の姉妹で、よくも悪くも妹の事は誰よりも知っているつもりでいたが、もしかするとフランツの方が詳しいのではないかと思えてきた。それほど彼は妹の事を熟知していた。

「ほら、噂をすれば」

放課後、周囲から白い目で見られながら廊下を歩いていると、数人の生徒達がこちらへと向かってきた。アンネリーゼは思わず後退《あとずさ》る。また今朝のように何か言われるかもしれない……

「あぁ!!　アンナマリー嬢！」

これは正しく感動詞……？　舞台の台詞のような言葉に目を丸くした。

「一体どちらにいらしたんですか？」

「探していたんだよ」

「今朝貴女《あなた》を見かけた者がいると聞いたのに、教室には姿を見せてくれないから」

右からディック、ステフ、ロビン。彼らもまたハートマークの付いていた人物だ。そしてフランツ曰《いわ》く、アンナマリーの信者らしい。

『あんな事があっても、彼らはアンナマリーを崇拝してるんだよ』

崇拝も気にはなるが、それよりも『あんな事』の方が気になってしまう。だが、フランツは結局『あんな事』意味を教えてくれなかった。

『そのうち、分かるよ』

そう言うだけだった。

「これ、アンナマリー嬢が休んでいた間のノートです」

「前に話していた珍しいお菓子が手に入ったから」

「帰るなら送るよ」

三人は鼻息荒く詰め寄ってくる。それをやけに冷静に見ている自分がいた。

（あー……この人達も、妹にいいように利用されていたんだ。馬鹿馬鹿しい）

「ごめんなさい、今日は私、フランツと帰るから。また今度ね」

アンネリーゼは髪をかき上げると、彼らの横をすり抜けて行った。

「お帰りなさいませ」

屋敷に帰り、自室に入ると外套《がいとう》を着たままベッドに寝転んだ。普段なら絶対にしない。行儀が悪い。だがもう限界だった。今日一日でかなり神経をすり減らしてしまった。ある程度は覚悟していたが、予想以上だった。流石《さすが》あの妹だ。想像以上にかなりヤバい。

(それにしても、フランツ様……。まさか、第二王子殿下だったなんてね)

全くそうは見えないが事実だ。そして、今朝会った彼の兄は……無論王太子殿下という事になる。あの資料にあった名前を見た時、見覚えがあるとは思ったが……。対面するのが初めてだったため、全く気づかなかった……

アンネリーゼは、資料を取り出すと意味もなく眺める。フランツを含めた四人以外にもハートマークは付いている。見ているだけで頭が痛くなってきた。

「はぁ……」

あんな事……それが何かはまだ分からない。だが、おそらく悪い事に違いない。

それにしても、よくもまあ王太子相手に喧嘩を売るようなマネができるものだ。あんなに激怒しているというのに、アンナマリーが無事なのが奇跡に思えた。

(王太子殿下は意外と心が広い方なのかしら……)

◇◇◇

学院に通うようになり、早くも一ヶ月が経った。だからといって馴染む事はない。相変わらず遠巻きにされては、ひそひそと何やら噂されているようだった。

だがアンネリーゼは、この状況に慣れてきた。はじめはフランツの後ろでビクビクしながら虚勢を張っていたが、今では特に気にならない。

たまに廊下などで王太子等と鉢合わせるとすごい形相で睨まれるが、それにも慣れた。慣れとはすごいなぁとしみじみと思う今日この頃。

「ご機嫌よう、フランツ様」

「アンナマリー、おはよう。課題見せて〜」

フランツの言葉に教室中の視線が集まるのを感じる。皆一様に目を見張る。それはそうだろう。フランツの話によれば、妹は課題どころか、授業すらまともに受けていなかったそうだ。無論課題などの提出は必須なので、自分の信者達にノートを代わりに書かせていた。ちなみにアンネリーゼは、彼らとは関わりたくないので距離を取って逃げ回っている。

アンナマリーは昔から、勉強など頭を使う事が嫌いだった。屋敷にいる時も、勉強は勿論、本すら読んでいる姿を見た事がない。それでも母が妹に怒る事は一切なく、一方アンネリーゼが同じように振る舞えば、怒鳴りつけられ即座に反省部屋に入れられていた。

幼い頃、遊んでいる妹が羨ましく、言いつけを破って部屋を抜け出し外で遊んだ事があった。暫くして見つかってしまい、激怒した母はアンネリーゼを地下の反省部屋に放り込んだ。

反省部屋は真っ暗で少し肌寒く、何もない。床にはカーペットもクッションもなく、直接座るしかない。ずっと座っているとそのうちお尻も痛くなり冷えてきて、身体を震わせた。成長してからは、反省部屋に放り込まれる事はなくなったが……それでもたまに夢に見る。

ずっと、妹が羨ましくて仕方がなかった。その妹に、今自分は成り代わった。

(私が、アンナマリー……)

だが、いざそうなるとやはり自分がいい。自分でない他の誰かの人生なんて生きたくない。そんな風に感じた。それでもアンネリーゼは、家の名誉のためにと懸命にアンナマリーを演じた。

だが半月が過ぎた頃、精神的に疲弊したアンネリーゼはふと我に返った。妹が悪いはずなのに、どうして私がこんな目に遭わないといけないのか。きっと今頃妹は、アンネリーゼとして母に甘やかされながら、実家の屋敷で悠々自適に過ごしている。片や自分は、せっかく学院に通う事になったのに、アンナマリーのふりをしなくてはならない、勉強もしてはいけない、フランツ以外友人だっていない。それどころか妹が何かをやらかしたせいで周囲からは遠巻きにされ無視されている。王太子達からも事あるごとに凄まれる。まあ、アンナマリーの信者の彼らだけは味方のようだが……ちょっと気持ち悪いから近寄りたくないし。そう考えて、やめた。くだらない。

冷静になって考えてみれば、あの妹のためにそこまでする必要性を感じない。確かにラヴァル家は守りたい。だから一応アンナマリーとしては過ごす。だが、もう演じるのはやめる——

通学する際のドレスは自分の物を着用した。毎日、しっかりと授業を受けて課題も自分でやって提出する。正直、授業は退屈だった。アンネリーゼには簡単過ぎたが、誰かと机を並べて学ぶという事が新鮮で面白かった。昼休みにお弁当を食べて、放課後は図書室へ寄る事もできて、少しずつ学院生活を楽しみつつある。

「あの……ここ分からなくて。よかったら教えてくれない？」

この生活を続けて三ヶ月ほど経った頃、一人の女子生徒から声をかけられた。はじめは声が出ないくらい驚いたが、アンネリーゼはすぐさま快諾した。

するとそれから暫くして、他の生徒達も話しかけてくるようになってきた。

今でもアンネリーゼに対して完全に無視を決め込む人間が大半だが、それでも話し相手ができた事は嬉しい。


「結局皆、他人事なんだよ」

放課後、アンネリーゼは裏庭にいた。隣にはフランツが座っており、珍しく不機嫌そうな彼はそう言って口を尖らせる。

「どういう意味ですか？」

「だってあんな事があったのに、少しアンナマリーが変わったからってさ、簡単に手のひら返すんだもん」

その言葉にアンネリーゼは眉根を寄せた。時折、彼は誰の味方なのか分からなくなる。まるで自分が馴染むことを、許さないと言われている気がした。

（あんな事、ね……）

未だアンネリーゼは、『あんな事』の全貌を知らない。話し相手はできたが、まさか本人がやらかした事を聞けるはずもない。無論フランツは教えてくれないし、気にはなるが知る術はなかった。

「でも、ほんの一部の方々だけですから」

「ふ～ん」

フランツは不満そうに適当に相槌を打ちながら、アンネリーゼに手を伸ばしてきたのでそれを慣れた様子で躱《かわ》す。

「ちぇ、ケチだな」

「ケチじゃありません。破廉恥《はれんち》な事はお控えください」

フランツの事は別に嫌いではないが、隙あらばこうして身体を触ろうとするので、正直困っていた。

「あ、そうだ。明日から暫く、僕いないから」


翌朝、アンネリーゼは少し緊張した面持ちで屋敷を出た。

この数ケ月、フランツと一緒にいない時はなかった。片時も離れず側にいてくれた。だが、その彼は今日から暫くいない。私用があると言っていた。

その日の昼間はいつもと変わらず過ごしていたのだが、放課後になりフランツはいないにもかかわらず、いつもの癖で気づけば裏庭に来ていた。

すると、そこには先客がいた。まさかの王太子であるリシャールだ。彼はアンネリーゼに気づくと舌打ちをする。露骨過ぎる態度に、慣れたとはいえ思わず後退《あとずさ》る。

睨まれたまま動けない。思わず、ごくりと息を呑む。その時だった。

「え？」

僅かな衝撃の後、頭の上に重さが加わる。

「ピーピー!!」

(頭の上で何かが鳴いている……？)

「アレキサンドロス!!」

(アレキサンドロス？　何、それ……)

リシャールはそう叫びながら駆け寄ってきた。視線が頭上に向いている。

「アレキサンドロスを返してもらおうか」

「返せと、言われましても……」

アンネリーゼは何もしていない。

「貴様、またアレキサンドロスを叩き落とすつもりか!!」

今、すごい台詞を聞いた気がする。……叩き落とす!?

頭を少し動かすと、それは今度はアンネリーゼの手にとまった。

小さな鳥だ。つぶらな瞳と淡い青色の身体。ピーピーと鳴いている。その姿に思わず頬も緩む。

「可愛い……」

顔を近付けると、すりすりとしてくる。本当に可愛い。それなのに無情にも、この鳥をあの妹は叩き落としたらしい。経緯は分からないが、酷過ぎる……

「アレキサンドロス！　早く戻って来い!!」

手を伸ばしてくるリシャールは必死だ。まるでアンネリーゼが、この鳥を人質に取っているような気分になる。

「っ!?」

「あら」

だが、鳥は飼い主であるはずのリシャールの手を突っつく。そして後退《あとずさ》りして再びアンネリーゼに甘えてきた。瞬間、絶望したような顔をした彼に同情した。

「何故だ、アレキサンドロス……」

急におとなしくなったリシャールとアンネリーゼは、二人並んでベンチに座った。

(何、なに？　この状況は何!?　怖過ぎる……)

平静を装ってはいるが、内心は混乱していた。横目で彼を盗み見ると、可哀想なくらい項垂《うなだ》れている。よほどショックだったのだろう。

「昨夜、アレキサンドロスと仲違いをしたんだ」

「……」

何も聞いてないが、勝手に語り出した。

「今朝も機嫌が悪く、昼休みにポケットから逃げ出してしまった」

「……」

この鳥を連れて歩いていたんだ……。普通学院までペットを連れて来るものだろうか……というか仲違いって、鳥と？　アンネリーゼは引き気味にリシャールに視線を向ける。

「いつもならば、仲違いをしたとしても翌朝には機嫌は直っているんだ。なのに今回は一向によくならず、ついには逃げ出してしまい……しかも、こんな女に擦り寄るなど……。以前はあんなに嫌がっていたにもかかわらず……何故だ」

また睨まれた。

（え、これ、私が悪いの!?　何か理不尽過ぎる……）

そんな中、空気を読まない鳥は、アンネリーゼにひたすら擦り寄ってくる。彼からの恨めしそうな視線に嫌な汗が流れた。

何だかよく分からないが、いたく気に入られてしまったようで、リシャールの膝の上に鳥を乗せてもぴょんと跳ねて戻ってくる。彼の元に返したいのに、返せない。何度繰り返しても変わらず、気がつけば辺りは薄暗い。正直言って帰りたい。アンネリーゼは一刻も早くこの場から立ち去りたくてたまらなかった。

「あのですね、非常に申し上げにくいのですが、そろそろ帰らないと……」

怖過ぎてリシャールの顔が見られない。怒られそうだ。だが、意外にも「分かった」と返事がきた。

「お嬢様、それはどうなさったのですか」

無事屋敷に帰ると、リタがアンネリーゼの頭上を見ながら目を丸くした。

「……鳥よ」

「それは見れば分かりますが……」

頭の上がお気に入りらしく、馬車に乗ると共に手から頭へと移動した……複雑だ。

あの後、リシャールにこの鳥ことアレキサンドロスを預けられた。いや、押し付けられた。

『こうなれば致し方ない。非常に腹立たしく嫌ではあるが、アレキサンドロスは貴様に預ける』

そんなに嫌なら預けないでください！　そう言いたかったが、相手は王太子だ。断れない。

結局、アンネリーゼは断りきれずに屋敷に連れ帰って来てしまった。

別に生き物は嫌いではない。むしろ好きだ。この鳥は可愛いし、文句はない。だが、王太子のペットを預かるなどと……怖過ぎる。何かあったら私はどうすれば良いのだろうか。連れ歩くくらい溺愛しているようだし、もしかしたら首が飛ぶかもしれない……。あぁ、でも叩き落としても大丈夫なら平気かも？

それにしても、どうして私がこんな目に遭わなくてはならないのか。

アンネリーゼはまたため息を吐く。

未だ自分の頭の上で機嫌よく鳴いているアレキサンドロスに手を伸ばすと、スリスリしてきた。

（まあ、でも可愛いし……ちょっと預かるだけだし、いいでしょう）

アンネリーゼは気を取り直し、簡易的に書かれた取扱説明書のようなものを見てみる。リシャールからあの場で書いたものを渡されたのだ。

「えっと、何々……『アレキサンドロスの……一日……』」

（えっと、何？　何か始まった⁉）

『ある日、アレキサンドロスは城の中庭にある木の枝に止まり、南天の実を食べた。これは異国から譲り受けた貴重な植物なのだが、体調が悪くなり暫し寝込む。故に南天は食べさせないように』

見た目は厳格そうなのに、中身は結構やばい人かもしれない。大体、南天の実など食べさせる事ができるはずがない。彼は自分で貴重な、と書いているだろうに……。アンネリーゼは南天の名前は聞いた事があるが、現物は見た事すらない。

「……長い」

一体何ページあるのだろう。アンネリーゼはパラパラと捲《めく》っていく。もはや最後の方はどうでもいい事柄ばかりに思えた。親バカ。そんな単語が頭に浮かんだ。

（子供の日記みたい）

そう思うと、ちょっと笑える。彼がアレキサンドロスを大切にしているのはよく伝わった。威圧感が半端なく怖い人だが、意外と根は優しいのかもしれない。

「よし！　預かったからにはしっかりお世話しないとね。アレキサンドロス、ちゃんとリシャール様と仲直りしましょうね」

「ピー‼」

指で顔を撫でると目を細めて喜ぶ。やはりアレキサンドロスは可愛い。

翌日。今日と明日は、学院の休日だ。アンネリーゼは出された課題を済ませた後、優雅にお茶を飲みながら読書をしていた。頭にはアレキサンドロスが乗っている。

「失礼致します。アンナマリー様、お茶のお代わりをお持ち致しました」

そう言いながら部屋の中へ入ってきたのは、侍女のニーナだ。

「ありがとう、ニーナ」

礼を述べると彼女ははにかみ、お辞儀をして下がった。

この屋敷に来たばかりの時は、使用人達があまりに暗く怯えていたが、今では笑顔が見られるくらいになった。たわいもない会話もしている。

「リタ、ありがとう」

「どうなさったのですか、急に」

リタが使用人達に探りを入れて、これまでの事を聞き出してくれた。この屋敷の使用人達は、はじめはもっとたくさんいたらしいのだが、妹のあまりに横暴な態度と振る舞いに耐えきれず次々に辞めていったそうだ。だが、今残っている者達は家庭の事情でどうしても辞める事ができずに、残るしかなかった。

次々に辞めていく使用人達を横目に「代わりなんていくらでもいるから」と言っていた妹も、なかなか代わりの使用人が見つからない現状に焦りを見せると、今度は「もし辞めたら、家族がどうなるか分かるわよね」と彼らを脅したそうだ。それをリタから聞いた時、頭だけでなく胃まで痛くなる気がした。その報告を受けた直後、アンネリーゼは使用人達を集めて謝罪し、これからもこの屋敷で働いてもらいたいと頼んだ。

皆一様に戸惑っていたが、最終的には頷いてくれて今に至る。

「ううん、何となく言いたかっただけ」

「おかしなお嬢様ですね」

「ピー」

アレキサンドロスが鳴きながら、テーブルの上に降りてきて角砂糖をくちばしで挟み一飲みした。

ご機嫌に飛び跳ねる。

「鳥って、角砂糖が好きなのね」

「……聞いた事がありませんが」

「しかも、アレキサンドロスって本当に賢いのよ。アレキサンドロス、これ何本？」

アンネリーゼが指を二本立ててみせた。

するとアレキサンドロスは「ピーピー」と二回鳴く。

「ほら、ちゃんと理解しているの。アレキサンドロス、お手」

今度は手を差し出すと、アレキサンドロスは片足を乗せる。

「ね、すごいでしょう？」

その様子にリタは苦笑するが、アンネリーゼはすっかりアレキサンドロスを気に入っていた。


休み明けの放課後、アンネリーゼは裏庭のベンチに座っていた。

「アレキサンドロス」

ふと背後から声が聞こえ視線を向けると、リシャールが近寄って来るのが見える。

「無事だったか」

ものすごく失礼な物言いだが仕方がない。アンネリーゼは、リシャールにアレキサンドロスを差し出す。

「アレキサンドロス、リシャール様よ」

「アレキサンドロス！」

感動の再会だ。無事に何事もなくリシャールにアレキサンドロスを返せたと、アンネリーゼはホッとする。ところが……

「ピー!!」

「っ!?」

あんなにご機嫌だったアレキサンドロスは、なぜかリシャールの手をくちばしで突っつきまくる。

「あはは……どうしたんでしょうね。先程までご機嫌だったんですけど……。リシャール様、大丈夫ですか!?」

よく見るとリシャールの指から血が出ていた。

「あ、あぁ……これくらい平気だ」

ショックを受けて、それどころではない様子だ。肝心のアレキサンドロスは、ぴょんぴょん跳ねながらアンネリーゼの懐《ふところ》にもぞもぞと入っていった。

アンネリーゼは、リシャールの血が滲んでいる指をハンカチで押さえる。

「帰りましたら、ちゃんと消毒なさってくださいね」

「あ、あぁ、その……すまない」

バツが悪そうにリシャールは顔を背けた。

「それにしても、困りましたね。一体どうしたら……」

アンネリーゼは懐《ふところ》の膨らみに視線を落とす。朝屋敷を出る際にアレキサンドロスを鞄に入れようとしたところ、なぜか入るのを嫌がった。ドレスにポケットはないので困っていると、アレキサンドロスはアンネリーゼの懐《ふところ》にもぞもぞと入ってしまったのだ。

「……あ、あの」

暫し悩んでいると、リシャールの視線が自分の胸元に向けられている事に気づく。

その事に一気に恥ずかしくなり顔が熱くなった。

「っ……ち、違う!! 断じてそうではない!! 私はアレキサンドロスを見ていただけだ!!」

「は、はい……分かっています……」

分かってはいるが、恥ずかしいものは恥ずかしい。二人して黙り込み、リシャールの頬が少し赤く染まって見えた。

「そ、そうだ！ あれは、どうだ。しっかり読んだのだろうな!?」

リシャールは動揺を隠しきれない様子で、話題を変えてきた。あれとは、おそらくあの取扱説明書の事だろう。

「はい、拝見させていただきました。リシャール様は、本当にアレキサンドロスの事を大切に思っていらっしゃるんですね」

「当然だ。アレキサンドロスは、私の友であり家族同然なのだからな」

リシャールは、聞いてもいないのにまた語り出す。アレキサンドロスの事を話す彼はとても楽しそうだった。アンネリーゼまで楽しくなってくる。

「アレキサンドロス……また、明日会おう」

名残惜《なごりお》しそうにしながら彼は帰って行った。

あれから暫く二人で話をしたのだが、結局アレキサンドロスはアンネリーゼの懐《ふところ》から出てこようとせず、仕方なくリシャールは諦めた。


「ピーピー」

「見てください、リシャール様。アレキサンドロスって、すごいんですよ」

アンネリーゼが指を三本立て「何本？」と尋ねると、アレキサンドロスはピーピーピーと三回鳴いた。

「流石《さすが》、アレキサンドロスだ！　やはり賢いな」

アレキサンドロスを預かるようになってから一ヶ月が過ぎた。今ではこうして放課後にリシャールと裏庭で過ごすのが日課になっている。

最近のアレキサンドロスは機嫌が直ったのか、リシャールを突っつく事がない。肩に止まったりしてじゃれつくようになった。だが何故か、アンネリーゼからは離れない。遊び疲れると、もぞもぞと懐《ふところ》に戻っていく。これでは誰が飼い主か分からないと、リシャールは苦笑した。

「そういえば、先日珍しい菓子を手に入れたんだが……その、食べるか？」

リシャールは菓子袋を差し出した。

「いいんですか？　ありがとうございます！」

リシャールとはアレキサンドロスの話だけではなく、いつしかたわいのない話もするようになった。それがひどく嬉しく思える。こうしていると、自分がアンナマリーである事を忘れてしまいそうになってしまう。

「では、また明日」

今日も彼に馬車まで見送られて、帰路についた。

◇◇◇

アンナマリーを見送り、帰ろうとしたリシャールは立ち止まった。何故なら道を塞ぐようにして、ロイクとゲルトが立っていたからだ。

ロイクはリシャールの従兄弟《いとこ》であり公爵令息である。ゲルトは友人で侯爵令息だ。普段学院では、リシャールはこの二人と過ごす事が多い。

「一体どういう事？　何であの女と仲良くしてるの？　リシャール、最近おかしいよ⁉」

ロイクが怒っているのが声の調子からも伝わってくる。

「別に仲良くなどしていない」

面倒事になりそうだと思い、リシャールは二人の横を通り過ぎ帰ろうとした。だが、ロイクが腕を掴み離さない。

「僕、知ってるんだよ。ここのところ、毎日放課後あの女と会ってるでしょう⁉　どうして⁉　あの女にシャルロットは傷付けられたんだよ⁉」

シャルロットとはロイクの妹の事だ。

「ロイク、落ち着け。リシャールには、何か事情があるんだろう」

ゲルトは冷静に話しながら、ロイクをリシャールから引き離す。

「事情って何⁉　どう見てもあの女に鼻の下伸ばしてるようにしか見えなかったけど⁉」

興奮したロイクは、ゲルトの手を振り払おうと暴れるが、リシャールは何も言えなかった。

「リシャール、君はもう帰れ。ロイクは俺がどうにかするから」

ゲルトに促され、喚《わめ》くロイクを横目にリシャールは帰路についた。

(言われなくとも分かっている。最近、自分がおかしい事など)

リシャールは自室に入るなりベッドに倒れ込む。

自分でも分からない。あんなに嫌っていたアンナマリーと、なぜこんなにも仲良くしているのか。

彼女は、以前から異性関係がだらしなかった。そういった噂もよく耳にした。だが、別段気に留める事はなかった。興味もなく、自分には関係ないことだった。

だが、ある時から彼女に待ち伏せをされたり付き纏われたりするようになった。そしてあの日、アレキサンドロスが逃げ出してしまい裏庭へと探しに行くと、アンナマリーがいた。

彼女はアレキサンドロスを捕まえようとしていたが、アレキサンドロスは激しく怒り彼女に攻撃をしていた。すると彼女は、アレキサンドロスを力任せに地面に叩き落としたのだ。

地面にぐったりとしているアレキサンドロスを拾い上げると、何とか無事だった。

『私は、悪くない!!』

アンナマリーはそう叫び逃亡した。後から噂で聞いた話では、アレキサンドロスを捕まえて自分の元へ連れて行けば、感謝されてその礼として王太子妃にしてもらえると考えたと、男の友人にこぼしたそうだ。随分と飛躍した考えだ。しかもその際「可愛くない」「あんな鳥如き」と言ったらしい。実に頭の悪い女で、腹立たしいと思った。

以来、リシャールが彼女に嫌悪感を抱くようになったその矢先、シャルロットの事件が起きた。

彼女には幼い頃から決められた婚約者がいた。政略的なものだが、二人はとても仲が良く、学院内でも二人が一緒にいるところを度々見かけた。

だがある時、シャルロットの婚約者をアンナマリーが寝取った。婚約者はアンナマリーに心酔しきった様子で、あろうことかシャルロットに婚約破棄を申し出た。

元々おとなしく繊細な性格だったシャルロットは、ショックのあまり部屋に引きこもり、学院に来なくなった。婚約者は周囲から叩かれ、最終的にロイクから激しく責められ辞めていった。

ロイクは妹を昔から溺愛している。無論アンナマリーにも抗議したが、彼女はしれっとしていた。

彼女の実家の伯爵家に抗議する事も考えたが、国王に進言したところで取り合ってはもらえない事は分かっていた。それにリシャールが抗議したところで、仲の良いフランツが彼女を庇《かば》えば大事《おおごと》になってしまう。それは避けたかった。

それから暫くして、急にアンナマリーが学院に長期休暇届を出したと耳にした。どうやら実家に帰ったらしい。この時、もう戻らないかと思われたが、彼女は戻ってきた。だが……

「君は……」

アンナマリーであって、アンナマリーではない。見た目は変わらない。だが、中身が別人のようだった。同じ顔だが、笑い方も違う。

何か秘密があるのか？　それともあれは演技なのか？

「君は、誰なんだ……」

リシャールは、拳を握り締め唇を噛んだ。

彼女はダメだ。そう思いながら、毎日気づけば足が勝手に裏庭へと向かっている。今この瞬間にも、彼女に会いたい。そう思う馬鹿な自分がいる。


あれからリシャールは、裏庭へ行かなくなった。アレキサンドロスの事は気にはなるが、今の自分は不安定でとても彼女と顔を合わせる勇気はなかった。ロイクとも険悪になってしまい、どうしようもない状態だ。

放課後、帰らなくてはと思いつつ、リシャールは校内をフラフラと歩いていた。気持ちは裏庭に行きたくて仕方がない。そんな時だった。

「ふふ、男たらしな貴女《あなた》にはお似合いね」

「最近、調子に乗り過ぎて気持ち悪いのよ！」

「よかったわね。びしょ濡れのままその辺の男に擦り寄れば、喜んで遊んでくれるんじゃないの」

「ピーピー‼」

「ちょっとっ、何するのよ⁉」

「痛いっ、ヤダ」

「やめて‼」

声のする方へ視線を向けると、全身ずぶ濡れで廊下に座り込むアンナマリーと、彼女を取り囲み罵倒する女が三人いた。アレキサンドロスが女達に攻撃をしている。そんな中、彼女は微動だにせず顔を伏せていた。

リシャールは急いで駆け寄ろうとするが、空気が震えるのを感じ足を止めた。

「え……！」

一人の女が間の抜けた声を上げた直後、どこからともなく水が湧き起こり、女達は一瞬にして全身ずぶ濡れになる。

「冷たい‼」

「やだ、何でずぶ濡れなの⁉」

「バケツの水、もう入ってなかった……え⁉　キャァ‼」

バンッ‼

破裂音が聞こえた瞬間、バケツが粉々に砕けた。その事に女達はパニックになる。

「何をしているんだ!!」

リシャールが女達を怒鳴りつけると、慌てふためきながら走り去って行った。

「アンナマリー」

自分の上着を脱ぐと彼女に掛けた。彼女は黙り込んだまま、呆然とこちらを見上げる。

「もう、大丈夫だ」

膝をつき、そのまま彼女を抱き上げた。

リシャールは、アンナマリーを腕に抱いたまま馬車に乗り込む。行き先は彼女の屋敷だ。こんな状態のまま一人で帰す事などできない。いや、したくない。

彼女は身体を小さくして、リシャールの胸元に縋《すが》り付くようにして顔を埋めていた。それを抱き留めながら、頭をそっと撫でた。

「アレキサンドロス、お手柄だな。やはり、お前は頼りになる」

自分の肩に止まり、心配そうに彼女を覗き込んでアレキサンドロスを称賛する。すると……

「ピー!」

胸を張り鳴いた。まるで偉いだろうと言わんばかりだ。その姿に思わず笑った。

「あの時も、お前が私を助けてくれたな」

幼い頃、母の影響で周囲からは冷遇され、嫌がらせを受けていた。そんな時、このアレキサンドロスが突如現れたかと思えば助けてくれたのだ。

「ありがとう、アレキサンドロス」

「ピーピー」

アレキサンドロスはリシャールの肩から彼女の頭上に移動すると、頬を擦り寄せる。まるでリシャールのマネをして頭を撫でているみたいだ。

程なくして馬車は停まり、リシャールは彼女を抱えたまま屋敷へと入っていく。

「お嬢様⁉」

すぐに侍女が現れ、慌てふためきながらも招き入れてくれた。

応接間に通され、暫くすると着替えを済ませたアンナマリーが部屋へと入ってきた。髪の毛だけはまだ濡れていて、妙に艶っぽく見える。瞬間彼女に釘付けになるが、すぐさま視線を外した。顔が熱く感じるが、気のせいだろう……

「リシャール様……申し訳ございませんでした」

か細い声で謝罪する彼女を横目で確認する。

項垂《うなだ》れながら話す彼女は、可哀想なくらいに小さくなっていた。

あの女達の言動からして彼女に非があるようには思えない。女達に非がないのならば逃げる必要はないはずだ。それにどんな理由があるにせよ、暴力は容認できない。

「君が悪いわけじゃないだろう。謝罪は不要だ」

ぶっきらぼうに言い、自分の隣の椅子を軽く叩き座るように促す。すると彼女は躊躇《ため》らいながら、おずおずと椅子に腰を下ろした。何故隣を指定したかと聞かれたら……深い意味はない。本当にない……やましさなど、断じてない……

「……いつも、あんな事をされているのか」

「いえ、今日が初めてです……」

その言葉に、取り敢えずは安堵する。

「そ、そうか……その、気にするなとは言わないが、気にしない方がいい」

「ありがとうございます」

自分でも驚くほどに動揺してしまい、何を言いたいのかが分からなくなる。

情けない事に手のひらに汗をかいている。

いつも裏庭のベンチに並んで座っており、日常と変わらない光景のはずで、特別な事ではない。

それなのに、今日は何かがおかしい……

リシャールの緊張が伝わっているのか、アンナマリーもいつもと違い、落ち着かない様子に見えた。

「「……」」

取り敢えずこの気まずい空気を変えなくてはと、思考を巡らせる。だが気の利いた話など思い付かない。その間彼女も気まずそうに顔を伏せたままだった。

会えなかったのは、ほんの僅かの間だ。それなのに、今日までひどく長く感じた。

「あー……その、ア、アレキサンドロスは、どうだ？　元気にしていたか？」

本当は彼女に対して聞きたかったのに、気恥ずかしさを感じ、咄嗟にアレキサンドロスに変えた。

すると彼女は顔を上げ微笑する。

「相変わらず、お利口さんでした。ね、アレキサンドロス」

いつの間にか、ちゃっかりと彼女の懐《ふところ》に収まっていたアレキサンドロスは隙間から顔だけを出すと、ピー！　とドヤ顔で鳴いた。

「そうか……。私は、あまり元気ではなかった」

その言葉にアンナマリーは眉根を寄せ、心配そうな顔をする。

「何か、あったんですか……」

「……君に、聞いてもらいたい話がある」

彼女の問いには敢えて答えず、話を進める。するとアンナマリーは静かに頷いた。

リシャールは、一度息を吐き気持ちを落ち着かせると口を開いた。

「アンナマリー……私は、君が嫌いだ」

その瞬間、彼女の瞳がこぼれ落ちそうなほどに見開かれたのが分かった。

第二章　居候《いそうろう》とアレキサンドロス

別に思い上がっていたわけではない。少しだけ彼が、私を受け入れてくれたと思ってしまった……ただそれだけ。

「アンナマリー……私は、君が嫌いだ」

その言葉を聞いた瞬間、自分の思い上がりに気づいてしまった。分かっていたはずなのに……彼はアンナマリーが嫌いなんだと私は知っていたはずなのに、馬鹿でしょうもない自分はいつの間にか勘違いをしていたのだ。だって、彼が毎日放課後に裏庭へと足繁く通っていたのはアレキサンドロスに会うためで、自分に会いに来てくれていたわけじゃない。分かっていたはずだった……

リシャールが少しだけ優しくしてくれたから、少しだけ楽しそうな顔をするから、少しだけ笑いかけてくれたから、勘違いしていた？

さっきだって偶然だろうが、手を差し伸べて助けてくれた。彼の顔を見たあの瞬間、何故か安堵して全身の力が抜けるのを感じた。上着を肩に掛けて優しく抱きかかえてもくれた。でもそれは、結局ただの同情に過ぎない。私は何を勘違いして、何を期待していたのだろう――

◇◇◇

「……リシャール様、ご心配には及びません。心得ております」

「それなら、いい……」

素っ気ない彼の声と態度。リシャールの顔を見ていられなくて、アンネリーゼは顔を背けた。その時だった。懐《ふところ》がモゾモゾと少し乱暴に動く。

「ピーピー!!」

「アレキサンドロスっ!?　どうしたんだ!?　やめろ!!」

「ピー!!　ピー!!　ピー!!」

懐《ふところ》からアレキサンドロスが飛び出し、その勢いのままリシャールに突っ込んだ。羽を激しく動かしながら、くちばしで何度もリシャールの頭や顔の辺りを突く。かなり怒っているのが分かる。

「ダメよ、アレキサンドロス！」

アンネリーゼは止めなくてはと慌てて立ち上がった。

だが次の瞬間、空気が震えたのを感じた、と同時に、リシャールは頭からずぶ濡れになっていた。

「リシャール様!?　大丈夫ですか!?」

一体何が起きたのか分からないが、このままでは彼が風邪を引いてしまう。

アンネリーゼはすぐにリタを呼んだ。

「あの……申し訳ありません」

彼は、いつものキッチリとした服装ではなく、ラフな格好で長椅子に座り少しむくれている。

「何故、君が謝るんだ」

「使用人の服しか替えがなかったので……申し訳なくて、その……。それに、ほらアレキサンドロス、リシャール様と仲直りしましょう」

あの後、リタに着替えを用意してもらったのだが、屋敷に男性は使用人しかいないのでそれを彼に渡した。彼は不満げに受け取ると着替えたのだが、少し拗《す》ねているように見える。やはり、王太子である彼に使用人の服を着せるなどまずかっただろうか……

「ピ〜」

まるで反省した様子のないアレキサンドロスは、ぷいっと顔を背けると、いそいそとアンネリーゼの懐《ふところ》に戻ろうとする。

「アレキサンドロス、ダメよ。リシャール様に謝るまで入れてあげないからね？　悪い事をしたらごめんなさいってしないとダメなのよ」

「ピッ⁉」

入れてもらえないと分かったアレキサンドロスは、まるでこの世の終わりかのような顔をする。そのまま暫く固まっていたが、不意にパタパタと羽ばたいたかと思ったら、リシャールの膝に止まりウルウルと上目遣いで彼を見上げた。

「ピ、ピー……」

「アレキサンドロス……そんな顔をするな。案ずるな、私は気にしていない」

「ピー‼」

リシャールの言葉にアレキサンドロスは嬉しそうな声を上げる。リシャールはふっと笑い「さあ、仲直りをしよう」と言いながら、アレキサンドロスに手を差し出した。そして感動の仲直り……とはならず、瞬間パタパタと軽やかに羽ばたいたかと思えば、アンネリーゼの元へ戻ってきた。

リシャールは手を差し出した状態で硬直している。

「ピー！」

戻ってきたアレキサンドロスは、ドヤ顔をした。アンネリーゼには分かる。謝ったから入れてと言っている。

「もう、仕方がない子ね」

「ピーピー」

苦笑しながらも少し胸元を広げると、アレキサンドロスはご機嫌で、もぞもぞと中に入った。

「な、何故だ……アレキサンドロス……」

項垂《うなだ》れ、そして絶望しているリシャールを見て、デジャヴのような感覚を覚える。

「きっと、アレキサンドロスにも色々思うところがあるんだと思います……多分」

「思うところとは何だ」

「それは、その……」

リシャールから恨めしそうな目で見られたアンネリーゼは、言葉を詰まらせる。

「そ、そういえば！　先程はどうしてリシャール様はずぶ濡れになってしまったのでしょうか!?」

話題を変えようとアンネリーゼは必死に思考を巡らせていると、ふと先程の奇妙な現象を思い出し話題を強引に変えた。

「あぁ、その事か」

かなり白々《しらじら》しいが、彼は話に食いついてくれたので胸を撫で下ろす。

「あれは、その……不本意だが、アレキサンドロスにやられたんだ」

「？」

意外な返答にアンネリーゼは、首を傾げた。

「アレキサンドロスは、実は鳥ではないんだ」

「それは一体……」

どこからどう見ても鳥にしか見えないと困惑する。

「精霊だ」

（せい、れい……せいれい？　アレキサンドロスが、精霊……？）

アンネリーゼは自らの胸元の膨らみを見遣《みや》る。鳥じゃなくて、精霊!?

確かに随分と賢いとは思っていたが……まさかの精霊!?

「まあ、あくまで私の予想だがな。アレキサンドロスは私が推測するに、水の精霊だと思っている。水を操るのを見るのは、実は今回が初めてではないんだ。他にも魔法のような現象を多々確認している。私も色々と調べてみたんだ。だがまあ、それを証明しろと言われれば難しいが、自信はある」

「精霊は文献で読んだ事はありますが、本当に存在するなんて……」

屋敷の本棚の隅に追いやられていた古い書物。昔、何気なく手に取った事がある。それは文献ではあったが、まるでお伽噺《とぎばなし》のような内容だった。幼かったが非現実的な内容を信じる事はできず、再び本棚の隅に本を戻した記憶がある。

（え、でも、ちょっと待って……）

アンネリーゼはふと思った。アレキサンドロスが鳥じゃなくて精霊。精霊という事は、もしかすると話をすることもできたりして……

「ア、アレキサンドロス……」

「ピ？」

呼びかけるとアレキサンドロスは、もぞもぞとしながら顔だけを胸元から出した。大きな瞳で、首を少し傾けて不思議そうに見ている。その姿が愛おしく、思わず指で頭を撫でると目を細める。

（可愛い、可愛いけど……）

「リシャール様、もしかしてアレキサンドロスはお話しできるとか……」

「あー、いや。私もそう思い何度も確認してみたんだが、これまで人の言葉を話した事はない」

「そうなんですね……」

少し安心した。もし普通に会話ができるなら、この状態は恥ずかし過ぎる……

（お風呂だって一緒に入っているのに……）

今だってアレキサンドロスが胸の谷間に挟まり、スリスリしているのが分かる。時折ピーピーと甘えた声を出すのが聞こえ、口元が引きつってしまう。

「あの、リシャール様？」

目を見張る彼は、ハッとした表情をしている。

「アレキサンドロス、お前……」

独り言のように呟く彼に、アンネリーゼは目を丸くした。

「アンナマリー……私を暫くここに置いてほしい」

「はい？」

突然訳の分からない事を言い出したリシャールに、思わず声が上擦《うわず》る。

「それはどういった……」

意味なのか……。驚き過ぎて最後まで言葉が続かなかった。暫し、呆気に取られる。

「そうと決まれば、私の荷物を運ばせなければならないな」

硬直するアンネリーゼをよそに、リシャールは部屋の外で控えていたリタへと声をかけた。

「今日から暫く、この屋敷で世話になる。部屋はそうだな……アンナマリーの部屋から一番離れた場所にしてくれ」

「え、あ、あの!! リシャール様!?」

勝手に話を進めるだけでなく、部屋まで指定してくるとは、いくら王太子でも少し図々しいのでは……と思う。それに一番離れた場所って……。そこまで嫌なら今すぐ帰ってほしい……と思う。

「アンナマリー、勘違いしてくれるな。私はアレキサンドロスが心配なだけだ」

どことなく言い訳じみた物言いに聞こえる。だが彼の真意はともあれ、相手は王太子だ。こちらに拒否権はない。アンネリーゼは諦めて深いため息を吐いた。


「ピ、ピ、ピ～」

角砂糖を丸呑みして、ご機嫌なアレキサンドロスはテーブルの上でポテポテと行進をしている。その様子をアンネリーゼは微笑ましく眺めていた。

「やっぱり、可愛い」

くすりと笑い、ふと思った。

（精霊って、性別あるのかしら……？）

「……」

（もしも、男の子だったら……）

「アレキサンドロス、ダメよ」

「ピ、ピ……」

アンネリーゼがいつものようにお風呂に入ろうとすると、それを察したアレキサンドロスはすぐさま頭に止まった。普段はこのまま一緒にお風呂に入るのだが……

「アレキサンドロスは後で入れてあげるから、ね？」

「ピ～……」

アレキサンドロスをテーブルにそっと戻した。すると悲しそうに見上げてくる。

（ダ、ダメよ……絆《ほだ》されてはダメ。話せないといっても、精霊なんだし……もしかしたら、男の子かもしれないし……）

今更だが一緒に入るのが恥ずかしくなる。

「……一緒に、入りたいの？」

「ピー！」

ウルウルと訴えかけるように揺れる大きな瞳に、アンネリーゼは心はグラつきそうになるがグッと堪《こら》える。だが胸が痛む。

「そうだわ！　ねえ、アレキサンドロス」

「ピ？」

不思議そうに首を傾げるアレキサンドロスに、アンネリーゼは笑いかける。名案を思い付いた。

「そういう事でして、アレキサンドロスとお風呂に入ってあげてください」

「ピッ⁉　ピー‼　ピー‼」

アンネリーゼは、リシャールの部屋に来ていた。リシャールが勝手に屋敷に住むと宣言した翌日、大量の荷物が屋敷に運び込まれた。半信半疑だったが、どうやら本気のようだ。部屋は彼の要望通り、アンネリーゼの部屋から一番遠い場所を用意した。

「お願いします、リシャール様」

簡単に説明を終えたアンネリーゼは、アレキサンドロスを彼へと差し出す。するとアレキサンドロスは鳴きながら必死にアンネリーゼの手のひらにしがみついてきた。

「どうしたの？　私の代わりにリシャール様が一緒にお風呂に入ってくれるからね」

性別は不明だが、飼い主である彼なら一緒にお風呂に入るくらいどうって事ないはずだ。思えばアレキサンドロスは屋敷に来たその日から、一緒にお風呂に入りたがっていた。きっといつもリシャールと一緒に入っていたのだろうと考えた。それに、一緒にお風呂に入れば仲直りもできて一石二鳥だと思ったのだが……

「ピー‼　ピーピー‼」

明らかに様子がおかしい……。拒否の仕方が尋常じゃない。もはや、仲違いをして気まずいとかの次元ではないと思う。

「アレキサンドロス……そこまで嫌がらなくても……」

身体を限界まで捻り、全身全霊で拒否するアレキサンドロスに、リシャールはもう何度目か分からないショックを受けている。

「あの……リシャール様」

「何だ」

アレキサンドロスに拒否をされた彼は、すごく機嫌が悪そうだ。睨まれた……

「アレキサンドロスの性別はどちらなんですか？」

ゴクリと喉を鳴らす。返答によっては今後アレキサンドロスとの関係性を見直す必要があるかもしれない。

「それは分からん。特に気にした事もない。昔、一度だけ確認しようとした事はあったが、アレキサンドロスが嫌がるので、それからはしていないんだ。ただ……私は、男だと思うがな……」

「その理由は……」

「あー、いや……何というか、精霊も欲望に忠実なのだと思ってな……まあ、そういう意味だ」

リシャールは、視線を彷徨わせながらわざとらしく咳払いをすると、話を終わらせた。理由は分からないが、これ以上聞くなと彼の目が言っている気がした。

「アレキサンドロス？」

結局、リシャールと入るのを頑なに拒否したため、お風呂から出た後にアンネリーゼが洗ってあげた。無論服は着たままでだ。

だが拗《す》ねてしまったのか、アレキサンドロスは部屋のカーテンと天井の間に止まり、いくら呼んでも降りてこず、これには苦笑せざるを得ない。

「そのうち、機嫌も直るだろう。放っておけばいい」

リシャールは長椅子に腰掛け、優雅にお茶を啜《すす》っている。アンネリーゼは意外そうに眉を上げた。てっきり「君のせいだ」と責められるかと思っていた。

「ですが……」

「いくらアレキサンドロスでも、節操がなさ過ぎる。少し頭を冷やさせた方がいい。それにしてもあんな風になったのは、甘やかし過ぎたからだ……君が」

(え……今、君がって言ったの!? ……私!?)

思わず顔が引きつる。アレキサンドロスを預かってから大して時間は経っていない。むしろ彼とアレキサンドロスの付き合いは、話を聞いた限り推定十年はあると思われる。それなのに、まさか自分へ責任転嫁されるなんて思わなかった。いくら相手が王太子であろうとも、聞き捨てならない。

「お言葉ですが、リシャール様。どう考えてもアレキサンドロスが甘えん坊で我儘《わがまま》なのはリシャール様の責任です！」

ひと睨みすると、リシャールはムッとした表情になった。

「何だと!? どう考えても君と暮らすようになってから我儘《わがまま》になったんだぞ」

「そんな事ありません。アレキサンドロスは初めから、甘えん坊で我儘でした！」

「そんな事は断じてない！」

「あります！」

「ないものはない！」

「あるものはあります！　あっ」

子供じみた不毛な言い合いが続く中、アンネリーゼは力み過ぎて気づけば前のめりになり、そのまま体勢を崩して倒れそうになる。転倒する！　と思わず目を瞑った。

ぽふっ。

「え……」

だが、衝撃はなかった。痛くない。アンネリーゼは目を開け顔を上げる。するとすぐ目の前にリシャールの顔があった。

「も、申し訳ございませんっ」

リシャールはアンネリーゼを抱きとめた状態で床に尻餅をついていた。

◇◇◇

これは男として、非常に格好悪過ぎる。アンナマリーが転倒しそうになり無意識に手を伸ばしたまではよかった。だが、リシャールはアンナマリーを受け止める直前で足を滑らせてしまい、彼女を受け止めきれず尻餅をつく羽目になった。……こんな醜態を晒《さら》してしまうなど、情けない。

「も、申し訳ございませんっ」

アンナマリーは慌てて身体を起こそうとするが、動きを止めた。いや、止めざるを得なかったと言う方が正しい。何故なら、自分が彼女を抱き締めたまま離さないからだ。

「リシャール様、あの……ありがとうございました。もう大丈夫ですから」

困惑した表情で見上げてくる彼女を早く解放しなくてはと思う。だが、何故だか身体が言う事を聞かない。彼女をこのまま抱き締めていたいと言っている。

「あ、いや……。実はその、腰が抜けてしまってな、動けないんだ……」

「そんな、私のせいで……」

「だから、もう少しこのまま君に寄りかからせてくれないか」

腰が抜けたなんて嘘だ。だが他に言い訳も思い付かないし、我ながら馬鹿だと思う。普通なら不審に思うだろう。しかし、彼女は心配そうに眉根を寄せた。

「勿論です、私のせいですから。腰はどの辺りですか？」

抱き合ったまま、彼女はリシャールの背を優しくさすってくれる。

次第にリシャールは、彼女の女性らしい柔らかな身体と甘い匂いに頭がくらくらするのを感じた。

◇◇◇

「ねぇ、こんなところで遊んでていいの？」

フランツは、とある田舎貴族の屋敷で開かれた夜会に参加していた。そしてそこで、様々な男達に色目を使う女を見つける。明らかに他の女達に比べて露出が多く、やたらと男との距離が近い。淑女とはかけ離れたその女に声をかけた。

「は⁉　何でいるわけ⁉」

振り返った女はよほど驚いたのか、目を見開き大口を開けて叫んだ。

周囲は一瞬静まり返り女に視線をやるが、すぐに興味をなくして雑談に戻る。一緒にいた男は女の下品な言動に引いた様子で、そそくさと去って行った。

「屋敷に行ったら、君はいなくてさ。聞けば、毎晩遊び歩いているらしいね」

まだ生まれて日も浅い子供を放置していると聞いた時は、流石《さすが》に呆れた。

「でさ、あの赤子は誰の子？」

フランツは壁に寄りかかり、アンナマリーを見遣《みや》る。ニコニコと笑みを浮かべてはいるものの、視線は冷ややかだ。

「そんな分かりきった事、聞かないで。オスカー様との子に決まってるでしょう⁉」

アンナマリーは不機嫌そうに吐き捨てる。その様子にフランツは肩をすくめてみせた。

「そんなわけないよね？　計算合わないよ」

「……予定より早く生まれちゃったのよ。よくある事でしょう」

「ふ～ん。でも、髪の色が君とも彼とも違うけど」

フランツがラヴァル家の屋敷へ行くと、アンナマリーの姿はなかった。その代わりに、オスカーが金髪の赤子を抱っこしてあやしている姿を見た。

「君は赤毛だし旦那は茶髪なのに、赤子の髪は金色だったよ？　変だね」

淡々とそう告げると、彼女にすごい形相で睨まれた。

「本当は、誰の子？」

暫し黙り込んでいたが、観念したようにアンナマリーはため息を吐く。

「実はね……リシャール様の子供なの」

そう言って得意げに笑った。

人目があるので、人気のない中庭へとアンナマリーを引っ張って行った。

「だから、あの子はリシャール様の子供なの。分かった？」

フランツは興味なさげに返した。するとアンナマリーは不貞腐れた表情になる。

「ふ～ん。そうなんだ」

「何よ、その反応は！　リシャール様との子供なのよ!?　驚かないわけ!?」

「だって、嘘だって分かるし」

その言葉にますます表情は険しくなっていく。

「嘘じゃないわ!!」

「じゃあ、仮にそうだとして何で逃げたの？　何で姉と入れ替わって旦那を寝取ったのさ。本当に兄さんの子なら、君は王太子の子を産んだ事になる。逃げる必要も、入れ替わる必要すらない」

彼女は両手を握り締めて俯《うつむ》いた。

「仕方ないじゃない。実は私、リシャール様に脅されたの。身体の関係を迫られて……でも身籠った事を打ち明けると、堕ろさないなら私も子供も命はないぞって言われて。だから私、怖くなって……。私はどうなってもいい！　でも、子供は守りたかった。だから、実家に逃げたの。でもそうしたら、今度はお姉様から結婚したくないから、入れ替わるように脅されて……」

瞳を潤ませ、涙が今にも溢《こぼ》れ落ちそうに見える。

「アンナマリー……。そうだったんだ。辛かったね」

「分かってくれてよかったわ。だからこの事は秘密に……っ!?」

瞬間、パンッと乾いた音が辺りに響いた。アンナマリーは衝撃で尻餅をつき、呆然としている。

フランツが彼女の頬を平手打ちしたからだ。

「痛っ!!　ちょっと！　いきなり、何するのよ!?」

「ごめんね、手が滑っちゃってさ」

「はぁ!?」

「でも、嘘は良くないよ。兄さんはともかく、彼女はそんな人じゃない。君が彼女のふりをして旦那を寝取ったんでしょう？　で、君が彼女に入れ替わる事を強要した」

先程の弱々しさは消え失せ、アンナマリーはすごい形相で睨んできた。

「何を聞いたかは知らないけど、あんな女の肩を持つわけ!?　あり得ない！」

「僕には君の存在があり得ないけどね。あ、そうだ。良い事教えてあげようか。君の姉は、毎日楽しく学院生活を送っているよ。周りからも少しずつ認められてきて、君の地に落ちた評判も大分回復させて、流石《さすが》だよね～。見た目は同じでも、中身はまるで違う。君は勉強もダメ、性格も最悪、一方、彼女は勉強もできるし良い子だし、同じ姉妹でもすごい差だねー」

まるで鳩が豆鉄砲を食ったような顔をするアンナマリーが、可笑《おか》しくて堪《たま》らない。きっと彼女は、姉が周囲から冷遇され孤立し、孤独に打ちひしがれる日々を送っていると思っていたのだろう。そしてその姿を想像して、嘲笑っていたに違いない。

「あと、もう一ついいかな。実は僕、アンネリーゼの事、気に入っちゃったんだ。だから僕の花嫁さんになってもらおうと思っているんだよ。でも、そうなるとアンネリーゼは王子妃という事になるね。あー、ここでも差がついちゃうね。君は田舎貴族の伯爵夫人で、片や彼女は王子妃だ」

フランツは、未だ尻餅をついたままアンナマリーに手を差し出す事もなく、それだけ吐き捨て踵《きびす》を返した。一瞥《いちべつ》した彼女は、怒りに震えていた。

第三章　噂話と恋仲

「今日はもうダメ。本当は一日一個の約束なのに、二個も食べたでしょう？」

「ピ……」

アンナマリーは、テーブルの上のシュガーポットの蓋を閉めた。角砂糖を咥《くわ》えようとした瞬間、蓋を置かれて食べ損ねたアレキサンドロスはショックで固まる。可哀想だが仕方ないだろう。アレキサンドロスの身体の大きさに対して、本来なら一日一個でも多いと思う。だがまあ、精霊故、実際のところはどうだか分からないが……

「ははっ。残念だったな、アレキサンドロス」

彼女の向かい側に座り優雅にお茶を啜《すす》るリシャールは、スコーンに手を伸ばす。だが、スコーンの皿がふわりと宙に浮かんで取りそびれた。

「なっ……」

取れるはずだったものが取れずに、思わず間の抜けた声を上げる。

「リシャール様も、今日はもうダメです。一体いくつ召し上がるおつもりですか？　糖分の取り過ぎは身体に毒ですよ」

「そんなに食べていない」

「十三個も！　召し上がりました。十分過ぎます。それに、ジャムやクリームを載せ過ぎです……」

呆れ顔のアンナマリーに、リシャールは顔を顰《しか》める。

「数えていたのか？」

「いえ。ただ、最初にお皿にはスコーンが二十個ありました。私が食べたのは二個です。今お皿に残っているのは五個ですから、あとはリシャール様がお召し上がりになったと分かります」

そう言って笑うと、彼女は手にしていた皿を侍女に手渡し、本当に下げてしまった。

「……」

小さめなスコーンだった故、十三個とはいえ物足りなさを感じる。最悪だ……。テーブルの上で未だに落ち込むアレキサンドロスの気持ちがよく分かった。

最近の休日は、こうして彼女と共にお茶をしたり読書をしたりして過ごしている。

アンナマリーの屋敷で生活し始めて半月ほど経ち、改めて思うのは、やはり彼女は変わったという事だ。まるで別人のように思えてならない。以前彼女に対して抱いていた嫌悪感を覚える事はもうない。それどころか、むしろ……

「リシャール様、タイが曲がってます」

朝、屋敷を出る際に、彼女が乱れた襟元を直してくれた。それから一緒に馬車に乗り込み、学院へと向かう。学院に着くとクラスや学年が違うため、彼女とは一旦別れる。そしてまた昼休みに裏庭で共に食事を摂り、放課後は彼女をクラスまで迎えに行き、一緒に帰る。

「リシャール様？」

「ピ？」

アンナマリーとその頭に止まったアレキサンドロスが同時に顔を傾げる。

「あ、いや……何でもない」

気づけばいつも彼女を目で追っている自分がいて、苦笑せざるを得ない。何気ない仕草にすら目が離せない。名前を呼ばれると胸が熱くなるのを感じ、微笑む彼女に頬が緩んでしまう。

「帰ろう」

当たり前のように彼女の手を取ると、馬車へと乗り込んだ。

いつも通り、夕食を食べ終えたあとは応接間でアンナマリーと雑談をする。振り子時計の長針が十二を指し示し鐘が鳴ると、リシャールは席を立ちアンナマリーを部屋まで送り自室へと戻った。

「報告は、まだなのか」

椅子に腰掛けると、侍従が就寝前のハーブティーをテーブルに置いた。それに口を付けながら、侍従に鋭い視線を向ける。

「申し訳ございません。最初に向かわせた者は現在行方《ゆくえ》が分かっておらず……後から向かわせた者からも未だ何の連絡もございません」

アンナマリーの屋敷に住むようになり一ヶ月が経つ。その少し前に、侍従を彼女の実家へと送り込んだ。無論彼女の事を調べるためだ。

城に行けば、貴族の個人情報を保管している部屋がある。そこで調べるのが早いが、その部屋は管理を任されている一部の者か国王しか立ち入る事はできない。許可を取るにしても、私情では無理だ。それにあの偏屈な父なら、理由はどうあれ許可を出してもらえない事は目に見えていた。

致し方なしに侍従を使い情報を集める事にしたが、報告どころか消息すら分からないとは……

「そうか、仕方がない。なら明日にでも、また違う者を向かわせろ」

「承知致しました」

侍従は深々と頭を下げると、部屋を後にした。

(何かあったのか……)

リシャールは深く息を吐き、顔を顰《しか》めた。

◇◇◇

「ねぇ、アンナマリー様」

授業の合間の休憩時間に、数人の女子生徒に話しかけられた。

「最近リシャール様とご一緒なのをよくお見かけしますが、お二人はそういった仲なんですの⁉」

少し頬を赤らめ、期待するような眼差しを向けてくる。

「そういったとは……」

「あらやだ、アンナマリー様ったら！」

「そうですわ、勿論恋仲って意味ですよ」

キャッキャッとはしゃぐ彼女達の言葉に、アンネリーゼは一瞬間の抜けた顔になる。

(リシャール様と私が、恋仲⁉)

「すっかり、学院内で噂になっていますよ」

「そうそう、その鳥もリシャール様のペットなんですよね？」

「ピ？」

肩に止まっていたアレキサンドロスが首を傾げる。一体どこまで筒抜けなのだろうか……。アンネリーゼは引きつりそうになる顔に、無理矢理笑みを作る。

「可愛い～」

そんな中、一人の女子生徒がアレキサンドロスに手を伸ばしたのだが……

「ピッ」

ぷいっと顔を背けて、つれない態度を取る。てっきり喜ぶかと思ったが、アレキサンドロスはピョンと跳ねてアンネリーゼの懐《ふところ》にもぞもぞと入ってしまった。

(もう、胸元に入るのはダメって言ったのに……)

「あら、嫌われちゃった」

残念そうにしている彼女に苦笑する。

「今日は少し機嫌が良くないみたいです。ごめんなさい」

「いいえ。それより……」

思いの外気にしていない様子で、内心安堵した。せっかく最近は平穏に過ごす事ができているのに、変な揉め事は起こしたくない。

「私達、アンナマリー様とリシャール様の仲を応援しておりますから！」

そう力強く言いながら両手を握られ、アンネリーゼは目を見張った。

「困り事があれば何でも仰ってくださいね！」

「お力添え致します」

なるほど、そういう事か……アンネリーゼはピンときた。

自分の知る限り、今現在リシャールに婚約者や恋仲と呼べる女性はいない。アンネリーゼがリシャールと一緒にいる姿を見て、勘違いをしてしまったのだろう。

学院に通うようになってから、時折リシャールの噂話を耳にする事がある。肩書き、容姿、勉学、剣術などどれを取っても完璧であり、女性達からとにかく人気がある。だが、彼はかなり気難しい性格で、女性が近付く事を良しとしないそうだ。その話を聞いた時、不機嫌そうな彼の姿が脳裏に浮かび、思わず笑いそうになった。

しかし、だからこそ彼の側にいる事を許されている自分が恋仲などと誤解されている。そしてアンネリーゼが思うに、彼女達は前線から離脱した組だろう。リシャールの妃の座を諦めたからこそ、将来王太子妃になる可能性があるアンネリーゼに今から擦り寄っておこうという魂胆だ。でもそれは勘違いなのだが……

「いえ、私などがリシャール様とそんな……」

リシャール様が私と一緒にいらっしゃるのは、アレキサンドロスのためです……なんて言えない。アレキサンドロスに冷たくされ、ショックを受け落ち込む姿が目に浮かぶ。万が一口を滑らせれば、リシャールの威厳に関わってくる。冗談抜きで首が飛ぶかもしれない……怖過ぎる。

「そんなご謙遜なさらずに」

「アンナマリー様ならリシャール様にお似合いですわ」

「婚約なさったら、是非お祝いさせてください」

彼女達の勢いに押されて、アンネリーゼは笑うしかない。

「あ、はは……」

内心ため息を吐いた。

「何これ、どういう事⁉」

アンネリーゼは昼休み、裏庭でベンチに座り昼食を食べていた。隣にはいつも通りリシャールがいる。そんな時、いきなりフランツが現れた。それだけでも驚くのに、久々に会ったかと思えば、彼はうるさいくらいに騒ぎ出す。

「何で兄さんとアンナマリーが一緒にいるわけ⁉　しかも、何で一緒に仲良くお昼食べてるの⁉」

「何だ、フランツ。お前も食べたいのか……あいにく二人分しかないんだがな。仕方がない、私の分を分けてやろう」

「いらないよ！」

「そうか？　なら何が不満なんだ」

至って冷静に返すリシャールに、アンネリーゼは苦笑する。実に彼らしい反応だ。

「それより随分と留守にしていたみたいだが、何をしていたんだ」

どうやら、リシャールもフランツの動向は知らなかったらしい。

フランツが学院を休むようになって数ヶ月は経つ。何の音沙汰もなく心配はしていたが、見る限りすこぶる元気そうでよかった。

フランツは未だ興奮しているのか、子供のように地団駄を踏んでいる。いや、彼の場合は元気過ぎるので、もう少し慎みを持った方がいい気がした。

「別に……どこで何をしようが、僕の勝手だよね？　兄さんには関係ないから」

この二人が揃ったのを見るのは、初めて学院に来た日以来だ。記憶を辿れば、あまり仲の良い印象ではなかったような……。だが、今の二人のやり取りを見ていると、どちらかというとフランツがリシャールに反発しているように思える。

「じゃなくて！　僕はどうして二人が一緒にいるのか聞いてるんだ！」

「あー……それは、そのだな。……色々、あったんだ」

「色々って何⁉　おかしいよ！　兄さん、あんなにアンナマリーの事嫌ってたじゃないか！」

事実ではあるが……一応、本人が目の前にいるのにもかかわらず、無神経な発言をするフランツに、アンネリーゼの口元が引きつる。

「あーまあ、そう、だったな……。アンナマリーの事は、その……嫌いだ」

(やっぱり、そうよね……)

忘れていたわけではない。だが彼が屋敷に住むようになり、一緒に食事をして、登下校も一緒にして、休みの日は一日中一緒に過ごしていた。

クラスの女子生徒達からも、あんな風に言われて……いつの間にか自惚《うぬぼ》れていたのかもしれない。

「はぁ⁉　何、照れながら言ってるわけ⁉」

(照れている……？)

アンネリーゼは、俯《うつむ》き加減だった顔を少しだけ上げると、横目でリシャールを確認する。すると彼はフランツから視線を逸らし、口元を手で覆っていた。アンネリーゼには彼が照れているのかどうかはいまいち分からない。そもそも照れる必要はないし、フランツが怒る理由も分からない。

二人の奇妙な言動に困惑していると……

「ピー‼」

今までご機嫌にフルーツを啄《ついば》んでいたアレキサンドロスが、フランツ目掛けて飛びかかった。

「うわっ」

アレキサンドロスに頭を突っつかれたフランツは、後ろによろめく。

「ピー！」

「相変わらず、可愛くないなっ‼」

「ピー‼」

怒りながらアレキサンドロスを追い払おうとするが、軽く躱《かわ》されている。しかも、フランツの頭上に止まってしまった。

「ちょっと！　頭に乗んないでよ‼」

「ピ〜〜〜！」

手で振り払うも、アレキサンドロスは頭上でピョンピョンと跳ねてうまく避ける。見ているこちらは微笑ましく感じるが、やられている本人は必死だ。

「ピッピピッ〜、ピッ」

ついに行進までし始めたアレキサンドロスに、流石《さすが》に呆れた。

「フランツ様、大丈夫でしょうか……」

アンネリーゼには分かる。あれは完全に遊ばれている。

「アレキサンドロスとフランツは、昔から反りが合わなくてな。いつもの事だ」

どうやら特別な事ではないらしく、リシャールは気にも留めず優雅に食事を再開させていた。なるほど……いわゆる犬猿の仲というわけだ。

「放っておけばそのうち飽きるだろう。それより、早く食べないと昼休みが終わってしまうぞ」

「そう、ですね……あはは」

確かに、フランツの予想外の登場で意外と時間が過ぎてしまった。まだお弁当は半分も残っているというのに……。少し行儀は悪いが、アンネリーゼは慌ててお弁当の残りを口の中に放り込む。そして眉根を寄せた。

(それにしても甘い……)

アンネリーゼは、オムレツは甘くない方が好きだ。だがリシャールの希望で甘いオムレツになってしまった。このブリオッシュも、本当ならハムやらチーズやらを挟んでほしい。だが、フルーツとクリームがたっぷり挟まれている。

リシャールとお昼を食べるようになってから、こんなメニューばかりだ。別に不味《まず》いとか嫌いとかでは断じてない。作ってくれたシェフには本当に感謝しているし、本当に美味《おい》しい。だが……

(たまには普通のお弁当が食べたい……)

「このっ‼　ここで会ったが百年目！　今日こそ焼き鳥にするから、覚悟するんだね‼」

「ピッ」

(フランツ様、鼻で笑われていますよ……)

アンネリーゼは甘いお弁当を咀嚼《そしゃく》しながら、アレキサンドロスとフランツの攻防戦を眺めていた。

それにしても大人気《おとなげ》ない。

「あー!! 何してるんだよ!?」

「ピ〜」

リシャールの言った通り、アレキサンドロスはフランツを揶揄《からか》う事に飽きたのか、不意にアンネリーゼの元へフラフラと戻って来ると、懐《ふところ》にもぞもぞと潜っていった。ようやくこの不毛な争いが終わったと思った直後——

「ズルいよ!!」

フランツの言葉に、アンネリーゼは脱力をした。


その日の放課後、あとは帰るだけだと安堵したのも束の間、アンネリーゼを教室までリシャールが迎えに来た事でフランツがまた騒ぎ出した。

「は!? 何それ、これどういう事!?」

教室の前の廊下でフランツは、何が気に食わないのかリシャールに食ってかかる。これはまた昼休みの続きが始まる予感がする……

「何をそんなに怒っているんだ。彼女と一緒に帰るなんていつもの事だ」

「いつもの事!?」

アンネリーゼにもフランツの怒りの根源は分からないが、リシャールの発言で火に油を注いだ事は分かった。

野次馬が集まる中、暫し不毛なやり取りを繰り広げる二人に内心ため息を吐く。

そんな時、懐《ふところ》がもぞもぞと動くのを感じた。まさかアレキサンドロスまで参戦するつもりじゃ……。そんな事になったら騒ぎが大きくなってしまう。ただでさえ王子二人が悪目立ちしているというのに。

（そんなのダメ……！）

最近は周囲にも馴染んできたのに、このままでは平穏な学院生活が初めの頃に逆戻りしてしまう。

アンネリーゼはアレキサンドロスが出て来られないように胸元をギュッと掴むと教室を飛び出した。瞬間「ピ!?」と驚いた声が聞こえたが、無視を決め込む。

「お、おい！　どうしたというんだ!?」

「アンナマリー!?」

背中越しに名前を呼ばれるが、そのまま走り去る。

どうしようもなくなり、思わず逃げて来てしまった。

「はぁっ……」

こんなに走ったのは生まれて初めてだ。教室から馬車乗り場まで一気に走った。途中廊下ですれ違った生徒達は呆気に取られていたが、気にする余裕はない。

勢いのままに馬車に乗り込んだアンネリーゼは、ゆっくりと息を吐いた。

「ピ～ピ～」

椅子に座り息を整えていると、アレキサンドロスが嘆願するような鳴き声を上げ、もぞもぞと動く。アンネリーゼが慌てて胸元を少し開けると、勢いよく飛び出してきた。

「ピ～……」

「ご、ごめんなさい！　アレキサンドロス、大丈夫⁉」

どうやらアレキサンドロスを圧迫してしまっていたらしい。

アレキサンドロスはアンネリーゼの膝の上で、コテッと倒れた。

「ピ……」

今にも息絶えそうな弱々しい姿に罪悪感に苛《さいな》まれ、胸が締め付けられる。そしてアレキサンドロスは、ウルウルとした瞳で何かを訴えてきた。

「アレキサンドロス……私にできる事があれば教えて？」

「ピ、ピ……」

呼吸をするのも苦しそうだ。

「もしかして、うまく息ができないの？」

これは酸欠状態に違いない！　アンネリーゼは慌てふためく。

「こ、こんな時、一体どうすれば……」

「ピ！」

瞬間訴えかける瞳に、ハッとした。

アンネリーゼはアレキサンドロスを顔の高さまでそっと持ち上げると、口を近付けていく。いわゆる人工呼吸だ。鳥、いや精霊相手に効果があるかは分からないが、このままではアレキサンドロスの命が危ない。躊躇《ためら》っている場合ではない。

「ピ～～～」

チュッ。

目を見張った。何故ならアンネリーゼが口付けたのはアレキサンドロスではなく、リシャールの手のひらだったからだ。

「一体、君は何をしているんだ」

少し息を切らせた呆れ顔のリシャールが、馬車に乗り込んで来た。すると、手の中のアレキサンドロスが消えた。目を丸くしていると、フランツがアレキサンドロスをつまみ上げていた。

その瞬間、ガタンと揺れて馬車は動き出す。

「このエロ鳥!!　何してるんだよ！」

「ピー!!」

アレキサンドロスは激しく鳴きながら、羽をばたつかせる。その様子に、ホッと息を吐いた。

「よかった、元気になったのね」

「……どう見ても、仮病だろう」

アンネリーゼの向かい側にリシャールは座り、その横でフランツとアレキサンドロスが小競り合いを始めた。

エロ鳥が!!　と叫んでいるが、一体どういう意味なのか分からない。困惑しながら眺めていると、リシャールが「放っておけばいい」と言うのでそのままにした。

それより、何故フランツも一緒に馬車に乗ったのか……それが気がかりだ。嫌な予感しかしない。

「――から」

聞き間違いかもしれないので、もう一度確認をしてみる。

「フランツ様、今何と仰ったんですか？」

「だから、僕も今日からここに住むから。部屋、余ってるんだし、僕一人増えても問題ないよね」

（むしろ問題しかありませんが⁉）

屋敷までついてきたかと思えば、勝手に長椅子で寛《くつろ》ぎ出し、そんな事を言ってのける。勝手にお茶菓子食べてるし、しかもアレキサンドロスと奪い合いになってるし……頭が痛くなりそうだ。

「い、いえ、そういう事ではなくて……。もし変な噂が立ったりすると良くないですから。フランツ様にもご迷惑がかかりますし……」

眉根を寄せて必死に心配しているアピールをする。

リシャールだけでも手一杯なのに、フランツまで増えたら大変な事になるのは目に見えている。

それにフランツはアンネリーゼ達の秘密を知っているので、何をしでかすか分かったものではない。

表面上はやんわりと断るが、内心は必死だ。だが、フランツはまるで聞く耳を持たない。

「別に僕は構わないもん」

もんって……もんって何ですか⁉　幼児じゃあるまいし、開いた口が塞がらない。

「フランツ、アンナマリーは迷惑だと言っているんだ。分からないのか」

フランツの向かい側に足を組んで座り、優雅にお茶を啜《すす》るリシャールが意外にも援護してくれた。

「え！　何それ⁉　そうなの⁉　僕、迷惑なの⁉」

「あー……はい、いえ、そんな事はありません……」

ついうっかり本音が出そうになり、アンネリーゼは慌てて言い直す。それにしても、どうしてこの方は火に油を注ぐような事をするのか……

「いや、大いにあるだろう。そもそも図々しいとは思わないのか？」

アンネリーゼはリシャールを冷めた目で見る。

（それを貴方が仰いますか⁉）

「だがまあ、可愛い弟の頼みだ。数日くらいなら滞在を許可しよう」

（許可しようとは⁉　ここは一応、私の屋敷なんですが⁉）

勝手に許可を出すリシャールに、アンネリーゼは唖然とする。

「えー、数日だけ？　兄さんは住んでるのに、ズルいよ！」

（それも、私は許可した覚えはないですけどね）

「不満なら、滞在許可も出さないがいいのか」

（私の屋敷ですが……）

「分かったよ、取り敢えず我慢する」

（取り敢えず我慢って……というより、私の立場は……）

完全に家主を置き去りにして話は進められ、フランツの滞在が勝手に決まった。

こんなのおかしい‼　と思いつつ、王子等相手にそんな事は言えず……項垂《うなだ》れた。

「ピ？」

「アレキサンドロス……慰めてくれるの？　ありがとう」

「ピ～！」

嬉しそうに懐《ふところ》に入っていくアレキサンドロスを見て、またため息が出る。何だか、色々と複雑だ。

◇◇◇

ラヴァル家――

「アンネリーゼ……少しは子供の事を考えてやってくれないか」

オスカーは、ぐずり出すモルガンを抱っこしてあやす。乳母や侍女に任せればいいのだが、実の母親である彼女が無関心なのだ。流石《さすが》に可哀想になり、時間を作っては面倒を見ていた。

「は？　何でよ？　そんなの乳母でも侍女にでもやらせておけばいいでしょう？　子供ってうるさいし、汚いし面倒臭い。どうして私がやらなくちゃいけないの」

彼女はそう言いながら、日当たりのいいテラスに座り優雅にお茶を飲んでいた。

「何でって、君の子供だろう？　可愛くないのか」

「別に？」

オスカーは泣いているモルガンを腕に抱きながら呆然とする。彼女は子供が生まれてから遊び歩き、あまり屋敷には帰って来ない生活をしていた。だが、最近それにも飽きたのか、屋敷に帰ってくるようになった。その代わりではないが、堂々と男を連れ込むようになってしまった。今もそうだ。白昼堂々と、しかも一応旦那であるオスカーの目の前で間男《まおとこ》と戯《たわむ》れている。

「ねぇ、カミーユ。食べさせて～？」

甘ったるい声で間男《まおとこ》のカミーユにねだる姿に、オスカーは吐き気さえ覚える。男の方も大分図太い性格のようで、旦那の前で口移しで菓子を食べさせる。この男が何者かは知らないが、普通の神経ではない事は確かだ。あまりの醜態ぶりに、オスカーは見ていられずにその場を後にした。

モルガンを乳母に任せ、オスカーは仕事をするため執務室にこもる。ラヴァル家は本来女系であり、実質旦那は肩書きのみで妻が仕事や家の事柄の一切を担う。無論将来的には彼女と自分がそうなるわけなのだが……

彼女は仕事や家の事柄に関心も興味もないどころか、子供まで放置している。しないと言うよりも、できないと言う方が正しいかもしれないが……。それ故、代わりにオスカーがやっていた。

姉である本物のアンネリーゼはかなり優秀だったようだが、妹の方はまるでダメだ。口が達者でずる賢いだけで、勉強など一切できないし、何より性根が腐っている。双子で見た目はそっくりなのに、どうしてこんなにも違うのか。あの母親が妹ばかりを甘やかして育てた事が原因のようだが、それにしても酷過ぎる。

自分の責任ではあるが、こんなはずじゃなかったと嫌になる。本来ならアンネリーゼと結婚して、彼女を支えながらいつか子供が生まれたら……なんて幸せな未来を思い浮かべていた。

アンネリーゼとは政略結婚だったが、正式に話が決まる前に数度顔を合わせた事があった。

それは初めて顔合わせをした時の事だ。おとなしく引っ込み思案なオスカーは、彼女と会話はおろか直視する事すらできずにいた。しかも緊張のあまり、カップを握る手が震えてしまい、自らの服にお茶を溢《こぼ》してしまったのだ。

当然両家の親達は、呆れ顔となり冷ややかな視線を向けてくる。オスカーは青い顔をして俯《うつむ》いた。そんな中、不意に彼女が席を立った。一瞬、呆れて退席するのかと思ったが、オスカーの元まで来るとハンカチを差し出してくれた。

『大丈夫ですか？』

そう優しく声をかけてくれた。あの時、彼女とならうまくやっていけると思えた。その後、まともに彼女と話す機会がないまま話は進み、結婚が決まった。

あの夜、酒を飲み過ぎたせいでアンナマリーの策略にまんまとはまり……いや、そうじゃない。

（いくら酒を飲んでいたとはいえ、姉と妹を間違えた私が全て悪いんだ……）

オスカーは、仕事をする気分になれずに暫く机に突っ伏していた。すると、扉をノックする音がする。返事を待たずに扉が開かれると、そこには彼女が立っていた。

「アンナマリー……」

思わずそう呟いた。

彼女は乱暴に扉を閉めるとズカズカと入ってきた。相変わらず淑女とはかけ離れた振る舞いに呆れる。彼女にあるのは男達を誘うテクニックだけだ。

「やだ、間違えないでよ。アンネリーゼでしょう？」

妖艶な笑みを浮かべながら、仕事机の上に座る。すると、バサリと音を立てて書類が床にばら撒《ま》かれるが、彼女は平然としていた。

「邪魔するなら、出て行ってくれないか」

オスカーは床にしゃがみ落ちた書類を拾いながら、自分が惨めに思えた。

「ふふ。相変わらずつれないわね。もしかして、カミーユにやきもちでも妬《や》いてるの？」

気分が悪くなりそうなくらい甘ったるい声色で話してくる。珍しい。オスカーに対しては、いつも塩対応なのに。

また何かを企んでいるのか、あるいはただの気まぐれか。

「たまには、夜の相手をしてあげてもいいわよ」

彼女から誘ってくるのはこれが初めてだ。彼女とは初夜以来、床を共にしていない。寝室も別々だ。夫婦にはなったが正直アンナマリーを抱きたいとは思えないので、むしろ都合が良かった。

「結構だ。私に構っている暇があるなら、モルガンの相手をしてやってほしい」

素っ気なく返すと、彼女はムッとした表情に変わる。まさか断られるとは思わなかったのだろう。大した自信だ。

「強がっちゃって、可愛い～」

アンナマリーはしゃがみ込むと、オスカーへと手を伸ばしてきた。

パンッ!!

オスカーの頬に彼女の手が触れる瞬間、その手を払った。乾いた音が部屋に響く。

アンナマリーが、苛ついた様子でギリッと歯を鳴らす。

「何するのよ⁉　この私が下手《したて》に出てあげてるっていうのに、調子に乗るんじゃないわよ‼」

バチンッ‼

頬に痛みが走りヒリヒリとする。暫し呆然とするが、すぐに平手打ちをされたのだと理解した。

この瞬間、オスカーの中でずっと張り詰めていた糸が切れる音がした。

「アンナマリー。この際だから、正直に言わせてもらう。私は君を好かない。むしろ嫌いだ！　私が結婚したかったのは、君じゃない！　私は、君の姉であるアンネリーゼだから、結婚したいと思ったんだっ。君のような穢《けが》らわしい女とこうして一緒の空間にいるだけでも吐き気がする。その甘ったるい声も、男を誘っているかのような目や仕草も、視界に入るだけでゾッとするんだっ‼」

こんなに大声を出したのは、生まれて初めてだ。いくら彼女が悪いとしても、言い過ぎたかもしれないと罪悪感が生まれる。だが、どうしても堪《た》えられなかった。

「申し訳ないが、これ以上こんな茶番には付き合いきれない。うんざりだ……もう限界なんだ。この先、君とやっていく自信がない。私は、モルガンを連れて屋敷を出る」

「ふ〜ん、あぁそう。勝手にすればいいんじゃない？」

「君の息子だろう」

「だから？」

子供を連れて出ていくと告げても、彼女はモルガンに対して何の関心もないようだ。呆れて、もはや怒る気も失せる。こちらは真剣に話しているのに、彼女は愉快そうにクスクスと笑い出した。

「でも残念ねぇ。せっかく、貴方にアンネリーゼを返してあげようと思ったのに」

アンナマリーの予想外の言葉に、オスカーは目を見張る。

「……どういう、意味だ」

「そのままよ。私も、最近やっぱり自分がいいと思ってね。アンネリーゼでいるのも、飽きちゃったし。思ってたより全然つまらないし、退屈なのよねぇ。だから、元に戻ろうと思って。……ねぇ、嬉しいでしょう？」

アンナマリーはそう言って上目遣いで、いやらしく微笑む。

「……本当に、戻るのか」

「えぇ、そうよ。貴方は晴れてアンネリーゼと夫婦になれるのよ。愛しいアンネリーゼと可愛い息子のモルガンと三人で幸せに暮らせるのに……残念」

オスカーは訝《いぶか》しげな視線をアンナマリーに向ける。

またしても何かの罠か……。だがもし、それが本当ならまた一からやり直す事ができるのではないか。期待感から思わず喉を鳴らす。

「私は……どうしたらいい」

瞬間、アンナマリーの唇が弧を描いた。

「今はまだ時期じゃないの。もう少しおとなしくしてて。その後、お姉様を迎えに行きましょう」

◇◇◇

「やっぱり、オスカーはチョロいわね。馬鹿な男。でもまあ、それなりに役には立つし、使えないわけじゃないわ。でも、カミーユ。本当にうまくいくかしら？」

アンナマリーは猫撫で声を上げながら、カミーユにしなだれかかる。

「大丈夫ですよ。殿下は今現在、貴方の姉君にかなり関心を示しています。このような事は初めてです。もう暫くすれば、絶対に婚約をしたいと言い出しますよ」

その言葉に、アンナマリーは不敵に笑う。

「それで、そのタイミングでお姉様と入れ替われば、私が王太子妃になれるって事ね！　そしていずれは、この私が王妃に！　ふふ、最高じゃない～」

フランツと会った後すぐに、今一緒にいるこの男、カミーユが屋敷を訪ねていた。彼は王太子の命令で秘密裏《ひみつり》にラヴァル家を調べに来たそうだが、その事をこっそりとアンナマリーに教えてくれた。何故なら彼はアンナマリーに一目惚れしたからだ。

『一目で貴女《あなた》に心奪われてしまいました。貴女《あなた》の側にいる事を許していただけませんか』

(私ってやっぱり魅力的過ぎるのよね～。罪な女！　ふふ)

思い出すだけで実に気分が良い。

「そうすれば貴方も出世間違いなしよ」

「ありがとうございます、アンナマリー様」

カミーユの事をアンナマリーはいたく気に入っている。身体の相性も良いし、従順で頭も良い。見た目も美男子でタイプだし、文句の付けようがない。

無論王太子妃になった後も、彼とは関係を続けていくつもりだ。正直、王太子には男としての魅力は感じない。見た目は悪くないが、性格が好かない。むしろ、嫌いなタイプだ。この自分がせっかく相手をしてやろうとしたにもかかわらず、まるで関心を示さなかった。今思い出しただけでも、腹が立って仕方がない。

そんな彼の価値は肩書だけだ。

「そういえば、後からきた召使いはどうしたの」

カミーユが来てから暫くして、また王太子が寄越した侍従がやってきた。その男はカミーユとは違い真面目で、アンナマリーの色仕掛けにはまるでなびかない、実につまらない男だった。

「それでしたら心配には及びません。ちゃんと始末致しました」

「あら、流石《さすが》仕事が早いのね！　ふふ、やっぱりカミーユは最高だわぁ」

アンナマリーがカミーユに軽く口付けをすると、二人はベッドに寝転がった。

◇◇◇

「……さて、ここにあの子がいるんだね」

銀色の美しい髪と白い肌の眉目秀麗な青年は、感嘆の声を漏らす。

「シルヴァン様」

青年の肩に止まった赤く美しい鳥が、彼をそう呼んだ。

「ルベライト、ようやく彼女に会えるんだよ」

青年は微笑みを浮かべながら、アンネリーゼの屋敷の門を潜った。

第四章　新たな居候《いそうろう》

「ねぇ、ねぇ、アンナマリー」

「何ですか」

アンネリーゼはげんなりした顔でフランツを見る。

「そろそろさ、いいんじゃない？」

「……何がですか」

相変わらず、突然話が始まり主語もない。

「だ・か・ら、僕と結婚しようよ～」

だからとは意味が分からないが、これは俗にいうプロポーズという事なのだろうか。それにしては、軽い。まるで、暇ならお茶でもしようと言われているくらいの軽さだ。

「……致しません」

それにしても飽きないものだ。ここのところ毎日、同じようなやり取りをしている。

「えー！　何で⁉　即答するなんて酷いよ～。もっとよく考えてみてよ、僕ってかなり優良物件だよ？　美青年だし、優しいし、頭もいいし、勿論お金だってあるし。それに何と言っても、僕と結婚すれば王子妃だよ？　王子妃！」

フランツは、ドヤ顔で胸を張る。

自信があるのは悪い事ではないが、彼の場合自信過剰過ぎる。よくまぁ、そこまで自分の事を絶賛できるものだ。ある意味感心してしまう。

「フランツ様でしたら私など相手になさらなくても、もっと素敵な女性がいくらでもいらっしゃるのではないですか」

内心ため息を吐きながら、アンネリーゼは適当にあしらう。揶揄《からか》うにしても、冗談が過ぎる。この人は自分で王子と言いながら、自覚は皆無のようだ。

「この世に、君より素敵な女性はいないよ」

「……」

羽よりも軽く、実に安っぽい言葉だ。

そもそもフランツは、アンネリーゼではなくアンナマリーと仲が良かったはずだ。一体何を考えているのだろう。まさか、妹がダメになったから代わりにしようとしているのか……

確かに顔は瓜二つだが、冗談じゃない。アンネリーゼは、ジト目でフランツを見る。

「ありがとうございます。……ですが、やはり私などではフランツ様には釣り合いませんので、ご遠慮致します」

だが彼は、意に介する事なく満面の笑みを浮かべる。

「じゃあさ、結婚式はいつにする？」

(ダメだ、この方。全く人の話を聞いてくれない……)

「フランツ、いい加減にしろ」

アンネリーゼは目を丸くする。フランツに迫られる中、意外な事にリシャールが助けてくれた。

「うるさくて、眠れん」

「……」

と思ったら違いました。ご自分のためでした。ですよねー、分かってました。彼はこういう方です。それよりここは、一応応接間なのですが……眠る場所ではありませんが……と言いたい。

「あの、リシャール様。差し出がましいかもしれませんが、お休みになられるなら、お部屋の方がよろしいのでは……」

長椅子を一人で占領している彼は、足と腕を組んだ状態で頭を少し傾け、目を伏せている。明らかに寝づらそうだ。

「……私がいつどこで寝ようが、関係ないだろう」

「風邪を召されますよ」

「少し寝不足故、仮眠するだけだ」

「それなら尚更、お部屋で休まれた方が……」

不毛なやり取りを繰り返すが、そのうちリシャールは黙り込み返事をしなくなった。どうやら本当に寝てしまったみたいだ。

アンネリーゼは苦笑しつつ、リタを呼ぶとブランケットを用意してもらってそれを彼にかけた。その際に彼の目の下にクマがあるのが見えた。本当に寝不足らしい。少し心配になり眉根を寄せた。

「心配しなくても大丈夫だよ。いつもの事だし。兄さんは僕と違って、勉強にも仕事にも忙しいんだよ。毎日夜遅くまで起きてるみたいだしね」

フランツの物言いが、少し気になった。勉強嫌いでサボり癖のある彼だが、どうやら仕事もしていないらしい。読書をしている姿も見た事がない。リシャールとは別の意味で心配になる。

「フランツ様は、お仕事はなさっていないいんですか？」

「するわけないじゃん。面倒臭いし、兄さんがやってるんだから必要ないもん〜」

（もんって……そんな幼児じゃあるまいし……）

それにしても、モヤモヤする。全然違うが、フランツを見ていたら何だか妹のアンナマリーを思い出した。この兄弟はアンネリーゼとアンナマリーみたいに険悪な仲ではないようだが、根本的なところは同じに思えた。

至極当然とばかりに言っているが、寝不足になるくらい頑張っている兄を見て、彼は何とも思わないのだろうか……

「フランツ様も王子殿下なのですから、いずれは国のために仕事をなさらなくてはならない日がやってきます。でしたら、今から少しずつリシャール様のお手伝いをなさってみては如何《いかが》ですか？

「そうすればリシャール様ももう少し楽に……」

そこまで言うとアンネリーゼは黙った。何故ならフランツがむくれた顔で睨んできたからだ。

「いつも兄さん、兄さん!! って、ズルいよ！ もっと僕の事も考えてよ」

子供のような事を言うフランツに困惑する。きっと彼は自分が一番じゃないと気が済まないタイプなのだろう。これ以上何を言ったところで無駄かもしれない。

そんな時、テーブルの上のティースプーンで遊んでいたアレキサンドロスがジャンプした。するとその反動でスプーンは勢いよく飛んでいき、フランツの額に見事に命中した。

「痛っ!? 何するんだよ！ このエロ鳥が!!」

「ピッ!!」

また始まった。今日はおとなしくしていたと思ったのに……

いつものようにフランツとアレキサンドロスの小競り合いが続くが、侍女のニーナが入ってきた事で一時休戦となる。

「お取り込みのところ申し訳ございません。お客様がお見えです」

「お客様？」

わざわざ屋敷を訪ねてくるような知り合いはいないはずだが……

（えっと……どなたかしら？）

アンネリーゼは目の前に座る眉目秀麗の青年とその肩に止まっている赤い鳥を見て戸惑うが、取り敢えず挨拶しなくてはと席を立つ。

「初めまして、僕はシルヴァン。ずっと君に会いたかったんだ」

初対面のはずなのに、会いたかったなどと言われて息を呑む。

「あの、それは一体どういう事ですか……」

「ずっと、君を見ていたんだ」

（それって……）

「何それ、怖っ!!　変態じゃん！」

アンネリーゼの心の声をフランツがいち早く代弁してくれた。

「シルヴァン様に向かって、変態とは失敬な!!」

（鳥が喋った!?）

突然彼の肩に止まっていた鳥が喋り出し、アンネリーゼだけでなくフランツも目を見張る。一見すると普通の鳥にしか見えないが、もしかするとアレキサンドロスと同じく精霊の類か？　それとも人の言葉を操る訓練をされた普通の鳥とか？　どこかの国では人の言葉を真似する鳥がいると、本で読んだ事がある。ただ、こんなにも流暢に話せるものなのかと驚いた。それに、ただ単に真似して話すのと理解して話すのとでは意味合いが変わってくる。この場合、どう見ても後者であるのは間違いない。

「勘違いするな。シルヴァン様は、純粋に見守っていただけだ!!」

赤い鳥はふんぞり返る。どうでもいいが、ものすごく偉そうだ……

「うるさくて眠れん」

いつの間にか目を覚ましたリシャールは、不機嫌そうにシルヴァンと鳥を睨んだ。ただ、鳥が話している事に別段驚いた様子はない。何というか、ある意味大物と言える。いや、王太子なのだから大物に違いないが……

「変態だろうが何でもいいが、何の用だ。さっさと要件を言え。寝れんだろうが」

(何でもいいって、全然良くありませんが!? 私にとってはかなり重要です！)

しかもこの期《ご》に及んでまだ寝るつもりらしい。そんなに寝たいならやはり自室へ行くべきだと思う。そうまでして、ここで寝たい理由を教えてほしい……

「あぁ、それは失敬。彼女に会いたかったのは事実だけど、目的は別にあってね」

「え……」

シルヴァンから、胸元の膨らみにあからさまな視線が向けられる。

実は彼らが部屋に入ってきた直後、アレキサンドロスが勢いよくアンネリーゼの懐《ふところ》に飛び込んできた。いつもの事なのであまり気にしてなかったが、少し様子がおかしいかもしれない。

(もしかして、震えてる……?)

スリスリしているのとは違う振動を感じる。

シルヴァンの鋭い視線にアンネリーゼは眉根を寄せ、リシャールも顔を顰《しか》めた。暫し緊迫した空気に包まれる。

「うわっ。もしかして、アンナマリーのこの豊満な胸目当て!?」

そんな中、フランツだけは的外れな事を喚《わめ》くので脱力してしまう。

（どう考えてもそんなはずありませんよね……!?）

「でも、残念だったね！　アンナマリーは僕のお嫁さんになるから、この豊満な胸も僕のものだ！」

自信満々に胸を張るフランツに色々と思うところはあるが、まず言いたい事がある。

（私は貴方の妻にはなりません!!）

流石《さすが》に今回ばかりは見過ごせないと抗議しようとするも、リシャールに阻《はば》まれた。

「フランツ、少し黙れ。お前のくだらない話のせいで、話が進まん」

「えー、だって僕のなのに……」

「今は大事な話の途中だ。脱線するなら部屋を出て行け」

意外とまともなリシャールの言葉に、アンネリーゼは眉を上げて彼を見た。すると……彼は欠伸《あくび》をしていた。

（ですよねー、早く話を終わらせて寝たいだけですよね、分かってました）

アンネリーゼは見なかった事にした。

「確かに彼女の豊満な胸は魅力的だけど、その話はまた後にするよ」

（しなくて結構です!!　貴方まで話に乗らないでください!!　……頭痛がしてきた）

「実は、僕は彼女のその懐《ふところ》に潜り込んでいる、出来損ないに用があるんだよ」

シルヴァンに続いて赤い鳥も「出来損ない」と繰り返すと高笑いした。アンネリーゼは一瞬何を言われたのか理解できずに呆然とする。

「ピ……」

その時だった。消え入りそうなほど小さな声でアレキサンドロスが鳴いた。そして、その後もずっと震えている。

アンネリーゼはシルヴァンと赤い鳥を睨み付けた。

「私には、貴方方《あなたがた》が何を仰られているのかは分かりかねます。ですが、ここには出来損ないなどはおりません」

◇◇◇

最近は仕事の量が多く、睡眠があまり取れていなかった。だが、ようやくひと段落ついた。まだ昼間だが一眠りするかと思ったが、その前にお茶でも飲もうと応接間へと向かった。部屋に入ると予想していた通りアンナマリーとアレキサンドロス、フランツの姿がある。

フランツが滞在する前から、この応接間では事あるごとにアンナマリーとお茶や雑談をしていたのだが……弟が来てからは、リシャールが忙しく時間が取れない事に加えて、フランツに邪魔されるので二人で過ごす時間はなくなった……。別に弟の事は嫌いではない。だが、少しイラついた。

リシャールは、空いていた長椅子に腰掛けお茶を優雅に啜《すす》る。テーブルの上ではアレキサンドロスが、ティースプーンを気に入ったらしく楽しげに遊んでいた。そして向かい側に座るアンナマリーにしつこくまとわりつきながら弟が彼女を口説いていた。やはり、イラつく。

お茶も飲み終え、息を吐く。本来なら自室で睡眠をとるべきだが、身体が動かない。確かに疲労もあるがそうじゃない。アレキサンドロスがいるとはいえ、彼女と弟を二人きりにしたくなかった。

この二人は以前からかなり仲が良い。しかもフランツはどうやら彼女に好意を抱いているようだ。

そんな事は自分には関係ない……関係ないが、何故か気になる。

結局、倦怠感を我慢しながら自室に戻る事は諦め、リシャールは長椅子で寝る事にした。だが目を伏せていると、鬱陶しいくらいにフランツが喚《わめ》く。

(結婚、結婚、結婚……うるさい!! 何が王子妃だ!?)

「フランツ、いい加減にしろ」

イライラが抑えられず、つい口を挟んでしまった。すると、アンナマリーに自室で休むようにと注意をされた。一瞬、まさかフランツと二人きりになりたいのかとムッとしたが「風邪を召されますよ」と言われ、思わず頬が緩みそうになってしまった。心配されて嬉しかったわけでは断じてない! だが、そんな風に言われたら余計に自室には戻りたくなくなる。意地でもここで寝てやる。もしも風邪でも引いたら……もしかしたら彼女が看病してくれるかもしれない。

そんな妄想をしつつ、リシャールはまた目を伏せた。だんだんと眠気に襲われる。ぼんやりとする意識の中、彼女がブランケットをかけてくれたのが分かる。そんな些細な事で心が満たされ、眠りに落ちた。

だがその眠りは、突如現れたいかにも怪しげなシルヴァンと名乗った男と赤い鳥に邪魔をされる。

その男は、腹が立つ程整った顔立ちをしていた。

(せっかく人が気持ちよく寝ていたというのに……)

しかも男はアンナマリーに会いたかったと言い出した。何故か分からないが、その言葉に無性に腹が立った。しかもずっと見守ってきたとぬかす。やはり、腹が立つ。

フランツが変態だと騒ぎ出し、見知らぬ男に「会いたかった」「見守っていた」などと言われたアンナマリーはかなり引いていた。まあ当然の反応だろう。いくら相手が美男子だろうが、気持ち悪いに決まっている。少し、胸を撫で下ろした。

フランツの言動に呆れる一方で、更に驚く事に赤い鳥が喋った。一見するとただの鳥にしか見えない。アレキサンドロスは喋らないが、もしかしたら仲間なのかもしれないと冷静に考える。

（精霊の類か……？）

ただその鳥は、愛らしいアレキサンドロスとは似ても似つかないくらい、偉そうで憎たらしい。フランツではないが、焼き鳥にしてやりたいくらいだ。

そんな中、弟が今度は「豊満な胸」とぬかす。昔から節度がなかったが、ここまでとは……兄として情けない。喚《わめ》き続ける弟を叱り黙らせると、シルヴァンがようやく本題を切り出した。

「実は、僕は彼女のその懐《ふところ》に潜り込んでいる出来損ないに用があるんだよ」

その瞬間、リシャールは理解した。この男はアレキサンドロスの敵だと。どんな理由があるにせよ、大切な友人であるアレキサンドロスを「出来損ない」と笑うなど許せない。腹が立ち、文句の一つでも言ってやろうとした時、彼女が先に口を開いた。

「私には、貴方方《あなたがた》が何を仰られているのかは分かりかねます。ですが、ここには出来損ないなどはおりません」

珍しく怒った様子の彼女は、シルヴァンと赤い鳥を睨み付けていた。

◇◇◇

「君は何も知らないからそう思うだけだよ」

シルヴァンはわざとらしくため息を吐き、肩を竦《すく》める。

「君達が察している通り、アレキサンドロス《それ》は精霊でね。まあ、厳密に言えばもどきなんだけど。アレキサンドロス《それ》は、何の役にも立たない、意味のない存在、いわゆる出来損ないなんだよ」

(精霊もどき、意味のない存在……)

嘲笑を浮かべるシルヴァンに、アンネリーゼは唇をキツく結ぶ。

「という事で、アレキサンドロス《それ》を引き渡してほしい」

「アレキサンドロスを、どうするおつもりですか」

「……君達は知らない方がいい」

不穏な物言いに、アンネリーゼは眉根を寄せると俯《うつむ》き黙り込む。ふと、アレキサンドロスがまだ震えているのを感じ、服の上から優しく撫でた。すると弱々しい声が聞こえてくる。

「ピ、ピ……」

(アレキサンドロス……)

アンネリーゼは、呼吸を整え顔を上げるとシルヴァンを改めて見据えた。

「先程の言葉、取り消してください」

「……僕は事実しか言っていないよ。取り消す必要性を感じない」

「アレキサンドロスは、出来損ないなんかじゃありません。役に立たないなんて事も、意味がないなんて事も絶対にありません。アレキサンドロスはいつも側で私の事を癒やしてくれます。楽しい気持ちにさせてくれます。以前、私を助けてくれた事もあります。私にとってアレキサンドロスは、可愛いくて、小さいけど勇敢な友人です。確かにちょっと……だいぶ甘えん坊で、たまに……すぐに調子に乗るし、少し……たくさん我儘《わがまま》ですけど、それは可愛いからいいんです！」

「ピ……」

懐《ふところ》からアレキサンドロスの複雑そうな声が聞こえた気がした。

「それに、そんな事を言ったら、フランツ様の方がまるで役に立っていないかと思いますし……」

「え、酷っ!!」

心の中で呟いた声は、どうやらダダ漏れていたみたいだ。事実だが、相手は王子だ、流石《さすが》に不味《まず》い……。アンネリーゼは焦って誤魔化そうとするが、意外にもフランツは怒る事はなく、むしろショックを受けた様子で固まっていた。

「アンナマリー、それは酷いよぉ……」

「いや、妥当な評価だろう」

追い討ちをかけるように、リシャールにそう言い捨てられたフランツは、その場に蹲《うずくま》っていじけた。その様子に、流石《さすが》に言い過ぎたと反省する。

「へぇ、思った以上に愛されているんだね」

眉を上げ、まるで独り言のようにシルヴァンが呟くと、赤い鳥は鼻で笑った。全然可愛くない。むしろ憎たらしい……

「……」

両者共に黙り込み暫し沈黙が流れるが、不意に彼が何かを思いついたように手を打った。

「あぁ、そうだ。大事な事を言い忘れたよ。僕とデートしようよ」

「はい……？」

脈絡のない会話にアンネリーゼは思わず間の抜けた声を上げた。深刻な面持ちだったシルヴァンは、打って変わって満面な笑みになる。

「はじめに話したけど、僕は本当に君に会いたかったんだ。いわゆる一目惚れというやつでね。君には僕の奥さんになってほしいんだ」

（この方は急に何を言い出すの⁉　でも、奥さんって、それってまさか……）

「は⁉　何それ‼　もしかしてそれってプロポーズ⁉」

するとアンネリーゼが言葉にするよりも早く、フランツが勢いよく立ち上がり叫んだ。

「うん、そうだよ」

目を丸くしてさも当然とばかりに話すシルヴァンに、アンネリーゼも目を丸くする。全く理解が追いつかない。

「ダメかな？　そこの彼なんかより、君を大切にして幸せにできる自信はあるよ」

そこの彼？　アンネリーゼはシルヴァンの視線の先を見た。そこには長椅子に座り、見るからに不機嫌そうな表情を浮かべるリシャールがいる。何故ここで、彼の名前が出てくるのだろうか。

アンネリーゼは二人を交互に見ながら首を傾げた。リシャールは無言のままシルヴァンを睨み付けている。シルヴァンはというと、挑発的な笑みを浮かべていた。よく分からないが、空気がすこぶる悪い……

「反論しないなら、肯定する事になるけど……良いんだね」

「……」

「フッ……どうやら僕の思い違いだったみたいだね。てっきり彼女の事を――」

「減らず口だな。言っておくが、お前のような胡散臭い男に大切な友人であるアレキサンドロスは渡さない」

ハッキリとそう言い放った彼は、少しだけ格好良く見える。

「無論、彼女を渡すつもりもない」

（リシャール様……）

意外な彼の言葉に、胸の奥が少しだけ熱くなった。

「アンナマリーがいなくなれば、大切な友人であるアレキサンドロスが悲しむからな。非常に不本意ではあるが、アレキサンドロスのためにも貴様に彼女は渡さない。勘違いするな。あ、あくまでも仕方なくだ！　断じて私の本意ではない。要は不可抗力という事だ。分かったか!?」

何故か彼は急に極小な声と早口になった。あまりよく聞き取れなかったが、かなり失礼な事を言われたのは分かった。しかも、リシャールは言い終えると、言ってやったとばかりに鼻を鳴らす。

「へぇ、面白いね。なら僕は君からその出来損ないも、彼女も奪ってあげるよ」

シルヴァンは不敵な笑みを浮かべ、勝手に空いていたソファに座った。隣に座るフランツが舌打ちをするが意に介する事なくテーブルの上の菓子を口の中に放り入れる。

どうしてこう誰も彼も、許可なく好き勝手に振る舞うのか……。ここはアンネリーゼの屋敷だ。

「――から」

「今、何て仰ったんですか」

できれば聞き間違いであってほしいと思った。

「え、僕もこの屋敷に住むからって言ったんだよ」

シルヴァンは満面の笑みでとんでもない事を言ってのける。

（やっぱり聞き間違いじゃありませんでした……）

「部屋は余っているみたいだし、問題ないよね」

（いえ、問題はそこではないです。それに問題しかありませんが……!?）

「シルヴァン様は狭い屋敷だが、我慢してくださると仰っているんだ。ありがたく思うんだな」

「……」

赤い鳥は、シルヴァンの肩の上でふんぞり返りながらそんな事を言う。やはり偉そうだ。

「大丈夫、取り敢えずはアレキサンドロス《それ》に手出しはしない。ひとまず冷戦といこうじゃないか。色々面白くなりそうだし、暫くはおとなしくしているつもりだよ。あぁ、でも君との事は別だけどね。せっかく同じ屋根の下で暮らすんだ、遠慮はしない」

「⁉」

シルヴァンは立ち上がると、こちらへと近付いてきた。妖艶な笑みを浮かべ、アンネリーゼの頬に手を伸ばしてくる。驚き避けようとして思わず後ろに仰け反るが、バランスを崩してよろめいてしまった。倒れるかと思った瞬間、身体をリシャールが支えてくれた。必然的に彼の腕の中に収まる形になり、慌てて彼から離れようとする。だが何故かリシャールは、しっかりとアンネリーゼを抱きとめ離そうとせず、しれっとアンネリーゼを抱いたままシルヴァンの手を叩き払った。

「仕方がない、滞在は許可してやろう。ただし、立場は弁《わきま》えてもらう」

「え⁉」

まさか彼がそんな事を言い出すなんて……ではなく、この方はまた勝手に……

「リシャール様！　流石《さすが》にそれは」

「アンナマリー、君は黙っていろ」

有無を言わせない態度に内心ため息を吐いた。もしかしたら何か考えがあるのかもしれないが、せめて家主である自分に相談してからにしてほしい。

(また、居候《いそうろう》が増えてしまった……)

シルヴァンの部屋は一階に決まった。無論、決めたのはリシャールだ。

今現在、一階にあるリシャールの部屋の隣の隣はフランツが使用しており、その間がシルヴァンの部屋になったらしい。二階の奥にあるアンネリーゼの部屋とは離れているだけましだが、また悩みの種が増えてしまった事には変わりはない。

「ピ、ピ〜!?」

「ごめんなさい！　アレキサンドロス」

その後、自室に戻ったアンネリーゼは、行儀は悪いが疲れてベッドにそのまま横になった。瞬間、焦った鳴き声が聞こえてきて、慌てて身体を起こす。

そうだ、忘れていた……

うつ伏せに寝転んだので、危うくアレキサンドロスを潰してしまうところだった。

「大丈夫!?」

「ピ〜〜」

「アレキサンドロス？」

「ピ、ピ……」

相当苦しかったのか、勢いよく飛び出すと、アンネリーゼの膝の上でコテッと倒れた。指で頭を撫でるが反応がない。圧迫死は寸前で防いだが、これはまさかの酸欠状態なのでは!?　アンネリーゼは慌てふためく。だがすぐに冷静になった。

（そうだわ、じ、人工呼吸を！）

「待ってね、アレキサンドロス。今助けてあげるから」

アンネリーゼはアレキサンドロスを顔の高さまで持ち上げると顔を近付けていく。

「ピ〜……」

チュッ。

アンネリーゼは、目を見張った。何故なら、アンネリーゼが口付けたのはアレキサンドロスではなく、リシャールの手のひらだったからだ。

「一体君は、何をしているんだ」

顔を上げると、呆れ顔のリシャールと目が合う。

(あれ、確か前にもこんな事あったような……)

「君は本当に騙されやすいんだな。馬鹿なのか?」

「……」

馬鹿と言われると、流石《さすが》に腹が立つ。それに、騙されるとは……?

「アレキサンドロスには、仕方がない、私が代わりに人工呼吸をしてやろう」

「ピ!? ピー!!」

リシャールはそう言って、アレキサンドロスをアンネリーゼから取り上げると顔を近付けるが、リシャールの唇が触れる前にアレキサンドロスはバタバタと暴れ出し、飛んで行ってしまった。

「よかった、元気になって」

「……やはり、馬鹿だろう」

呆れ顔のリシャールは勝手に長椅子に座ると、先程の説明をし始めた。

「あのシルヴァンという男は、アレキサンドロスを狙っているんだ。あのまま追い出して所在が分からなくなるよりも、この屋敷に置いて見張るのが賢明だろう」

要するに、いつどこで狙われるか分からない状態よりも、すぐ側で監視していれば相手の行動を把握でき、対処しやすいという事らしい。

確かにそう言われたら、そうかもしれない。しれないが……

「それは分かりましたが」

「何だ」

「部屋に入る時は、ノックくらいはしてください……」

「ノックはした。だが返事がなかったので、仕方なく入っただけだ」

「……」

気づかなかった自分にも落ち度はある。だがやはり納得できない。アンネリーゼだって一応年頃のうら若き娘だ。許可もなしに勝手に部屋に入られるのは、モヤモヤする。いくら王太子だろうが、これは譲りたくない！　アンネリーゼは黙り込み、ジト目で見るが「すまない、次からは……その、気を付ける」と意外にも素直に謝るリシャールに、怒る気は失せていった。

翌朝――

(何、この状況……!?)

アンネリーゼは食堂の長テーブルの端で朝食を食べているのだが……

隣に座り優雅にお茶を啜《すす》るリシャールは、出されたバランスの良い食事は端によけ、代わりに甘い匂いが漂うスコーンに甘いクリームをたっぷりとつけ黙々と食べている。また、アンネリーゼの正面に座っているシルヴァンにフランツは不満があるらしく、先程から延々と揉めており食事が全く進んでいない。温かかった食事は完全に冷め切っていた。

「僕がアンナマリーの前に座るんだから、どいてよ！」

「別に君の指定席じゃないんだから、早い者勝ちだよ」

「ズルいよ！」

更に少し離れたテーブルの上では、赤い鳥ことルベライトが、アレキサンドロスのご飯を奪っている。

「ピ〜!!　ピ〜！」

「フン、コレは全部俺のだ！　出来損ないのお前は水でも飲んでいろ」

朝からカオス過ぎる。今日は学院に登院する日なのに、これでは完全に遅刻だ。

（一体どうしたら……頭が痛い）

アンネリーゼが項垂《うなだ》れ悩んでいた時だった。

ペチャ……

「!?」

何かが飛んできて額に張り付いた、気がした。

「あ……」

フランツが間の抜けた声を上げ、全員の視線がアンネリーゼに集まる。恐る恐る額に触れて剥《は》がすと葡萄《ぶどう》の皮だった。

「……」

額から果汁が垂れてきているのが分かる。どうやら、アレキサンドロスがルベライトからご飯を取り戻そうとして揉み合いになった末に飛んできたらしい。

静まり返る中、控えていたリタが慌ててタオルを持ってくると丁寧に拭いてくれた。いつもながらに、優秀な仕事ぶりだと思う。

「……」

取り敢えず額は綺麗になった。いつもなら後で苦笑しながら注意してそれで済ませるが、今日はそれができそうにない。正直、腸《はらわた》が煮えくり返っている。無表情になり、苦笑すらできない。これまで淑女の嗜《たしな》みとして、どんなに嫌な事があっても極力感情は抑えてきたが、限度がある。

「ピ……」

「アンナマリー？」

黙り込むアンネリーゼに、アレキサンドロスが弱々しく声を上げ、リシャールは怪訝《けげん》そうな顔をする。

「……さい」

「？」

声が小さ過ぎて聞こえなかったのだろう。皆一様に、首を傾げている。

「いい加減に、してくださいっ‼」

バンッ‼

我慢の限界を超え、思わずテーブルを叩き立ち上がると叫んだ。

「きゅ、急に、どうした、アンナマリー……!?」

するとリシャールは目を見開き呆然とする。フランツやシルヴァン達も同様だ。

「どうした？　じゃありませんよね!?　その言葉、そっくりそのままお返し致します！　一体何なんですか!?　この幼児みたいな現状は！　嫌いな物は食べない、席の奪い合いで駄々をこねる、人のご飯まで奪い取る……これでは幼児よりも酷過ぎます!!」

その場にいる者は全員固まった。これまでアンネリーゼはこんなにも怒った事がなかったので、きっと驚き困惑しているに違いない。

「リシャール様！」

「な、何だ」

「以前、ちゃんとした食事を摂ってくださいとお願いしましたよね」

リシャールはいつも自分の好きな甘い物ばかりで、普通の食事は殆《ほとん》ど食べない事が多い。それでも食事は、必ずリシャールの分も用意してもらっている。あんな生活を続けていたら絶対に身体を壊すに決まっている。以前から本人にもやんわりとお願いはしていたが、一向に直らない。

「私がどんな食事をしようが、君には関係ない」

本来ならば確かに関係はない。だが、この屋敷で生活している以上、王太子である彼が身体を壊すような事があれば、それは十中八九こちらの責任になる。

「いいえ、関係大ありです！　リシャール様が身体を壊すような事があれば、私の首が飛びます！」

少し大袈裟かもしれないが、あながち間違いでもないだろう。

「屋敷の主人はこの私です！　何かあれば私の責任なんです！　なので私の指示に従っていただけないのなら、屋敷から即刻出て行っていただきます！」

「なっ……いや、しかし」

「異論は一切受け付けません!!」

「……わ、分かった、君に従う。だから取り敢えず落ち着いてくれ」

アンネリーゼの勢いに負け、項垂《うなだ》れるリシャールの前に置かれていたスコーンを下げ、代わりにパンやサラダなどの皿を正面に置いた。

「シルヴァン様、フランツ様。そんなに席で揉めるのでしたら、あちらにお座りください」

「え……」

「もしかして、床……」

アンネリーゼは笑みを浮かべると、テーブルの横を手で示した。

「はい。これなら揉める必要もありませんし、公平です」

まあ実際公平かどうかは分からないが、そこはどうでもいい。

「ちょっと、アンナマリー！　いくら何でも床だなんて酷いよ！　僕一応王子……」

「そうだよ、流石《さすが》に床は……」

二人は顔を引きつらせて抗議をしてくる。そんな二人へ更に笑みを深めた。

「でしたら、おとなしく文句を言わずに椅子にお座りになってください。あぁでも、時間がありませんので、フランツ様はさっさと召し上がってくださいね。食べ終わらないようでしたら、置いて行きますから」

「……はい」

「……」

二人は気まずそうに椅子に座りおとなしく食べ始めた。残るは二羽だけだ。アンネリーゼは鋭い視線をテーブルの上に向けた。

「ルベライトさん、貴方のご飯はコレですよ？　そちらは、アレキサンドロスに返してください」

「フン、お前には関係……」

「それを食べるなら、今日のお昼と夜は抜きですから」

瞬間、スッと真顔になりそう言い捨てた。

「……し、仕方がない。返してやる」

ルベライトは足でアレキサンドロスの器を戻す。

「お行儀が悪い、ですね」

「……スミマセン」

「アレキサンドロスも食事中に騒いではダメよ」

「ピ！　ピ、ピ……」

一瞬ビクッと身体を震わせ、コクコクと頷いた。

アンネリーゼは大きく息を吐き、席に着く。リシャールもシルヴァンもフランツもアレキサンドロスもルベライトもおとなしく黙々と食べている。

（うん、良かった、ようやく静かになったわ）

アンネリーゼは優雅に食後のお茶を啜《すす》った。


「では、行ってきます」

アンネリーゼとアレキサンドロス、リシャール、フランツが馬車に乗り込む。笑顔で見送るシルヴァンを見て、少し心配になった。一応リタには目を離さないように言付けてあるが、不安だ……だが、そんな心配は杞憂に終わった。それから数日、シルヴァンは拍子抜けするくらいおとなしかった。リタからも「特に何もございませんでした」と報告を受けている。ところが、七日程経ったある日、いつも通り朝屋敷を出ると何故かシルヴァンも馬車に乗ってきた。

（どういう事⁉）

「今日から僕も学院に通う事にしたから」

「お前の教室はこっちだ」

「違うよ。僕はアンと一緒の学年の同じクラスのはずなんだ」

「それはない」

学院に着くなりリシャールはそう言って、嫌がるシルヴァンを強引に引っ張って行ってしまった。

二人の違和感のある会話が気になる……はずとは一体……？

それにしても、まさかシルヴァンが学院に来るとは思わなかった。何か企んでいるのかもしれないと、気を引き締める。

「やっと二人きりだね！　アンナマリー」

フランツは上機嫌で隣を歩いている。確かに二人ではあるが……

「あの、どうして貴方もついてくるの？」

「シルヴァン様から目を離さないようにと仰せつかっている」

（なるほど……）

「……そうなんですね」

アンネリーゼの左肩にはアレキサンドロス、右肩にはルベライトが止まっている。二羽とも小さくはあるが地味に重い。肩が凝りそうだ。しかもルベライトに関してはうるさいし。

（リシャール様、どうせならルベライトさんも一緒に連れて行ってください……）

内心ため息を吐く。

「あと、先程も言いましたが、教室や人前では絶対に喋らないでください」

鳥が喋ったとなれば大騒ぎになる。これ以上面倒事に巻き込まれたくはない。

「ふん、俺に指図するとはいい度胸……ぐっ⁉」

「お願い、しますね？」

満面の笑みを浮かべながらルベライトの顔を軽く鷲掴みしてやる。するとおとなしくなった。

「アンナマリー……なんか最近、怖いよ」

「ピ、ピ、ピ……」

「そうですか？　いつも通りですよ。それより急がないと遅刻しますよ、フランツ様」

その日の放課後、アンネリーゼは女子生徒達に囲まれていた。

「アンナマリー様、その小鳥可愛いですね！」

「本当ですわぁ。リシャール様の小鳥さんも、そちらの赤い小鳥さんも可愛らしいです」

興味津々で詰め寄られ、戸惑う。見つかると面倒になるので鞄の中に入れようとしたが、嫌がって入ってくれず、結局一日中肩やら机の上に止まっていた。しかも、昼休みにルベライトをシルヴァンに返そうとしたが、有無を言わせずに戻ってきた。

「アンナマリー様のペットなんですか？」

「えっと……」

どうしようか……。シルヴァンのペットと答えたら色々と問題が起こりそうだし、かと言って自分のペットだと言いたくない。それに、そんな風に説明をすれば後からルベライトがうるさそうだ。

いや、だが仕方がない。

「シルヴァン」

「!?」

諦めて私のペットです、と言おうとしたその時、突然ルベライトが喋った。アンネリーゼはギョッとしてルベライトを睨むが、彼はどこ吹く風でしれっとしながら「シルヴァン、シルヴァン」と更に連呼する。あれだけ言っておいたのに……

フランツではないが、一瞬頭の中に焼き鳥の文字が浮かんだ。

「すご〜い！　賢い！　お喋りできるんですね！」

「可愛いですわ～」

「でも、シルヴァンってどなたかしら……」

「私、存じてますわ！　本日転校してきた上級生の方ですわよね!?」

これは絶対に面倒な事になる予感しかしない。

「あら、その方なら休み時間に拝見致しました。リシャール様とご一緒だった方ですわよね」

「私もお見かけしました！　とっても美丈夫《びじょうふ》でした」

(今日の今日なのに、噂って怖い……)

「ピヨ、ピヨ～」

「？」

(ピヨとは……？)

ルベライトは調子に乗って女子生徒達の肩に止まったり、頬にスリスリする。しまいには甘えるように鳴き出した。

「面白い鳴き方～」

「確かに珍しいですわ」

「でも可愛いです」

「ピヨ～」

(何故、ピヨ!?　これ可愛いの？　いや、絶対に可愛くない！　……しかも態度違い過ぎない!?)

ルベライトは女子生徒達に囲まれ、明らかに鼻の下を伸ばしている。アンネリーゼは顔が引きつるのを感じた。

（よし、置いて帰ろう）

「でも、どうしてアンナマリー様がシルヴァン様の鳥を預かっていらっしゃるんですか」

「え……」

アンネリーゼは固まった。想定外の事で、言い訳が思いつかない。嫌な汗が背に伝うのを感じる。何か、何か言わないと！　……懸命に無難な言い訳を考える。だが焦って逆に頭は混乱してしまい何も思いつかなかった。そんな時だった。

「あら、ご存じないの？　シルヴァン様って、アンナマリー様の遠縁の親戚なのよ」

「!?」

一瞬何を言われたか理解できなかった。遠縁の親戚？　え？　誰が？　誰の!?

「だから、アンナマリー様のお屋敷でご一緒に暮らされているって聞きましたわ」

（そんなの初耳ですが……!?）

ラヴァル伯爵の遠縁のシルヴァン・サイラス。眉目秀麗、ミステリアスな雰囲気を纏《まと》う王太子のリシャールの友人。学院内では登校初日から彼は有名人になった。

ラヴァル伯爵の遠縁って、よくもまあそんな嘘を……。そもそもルベライトはアレキサンドロスと同じ精霊だという事は分かったが、シルヴァンの事は何も知らない。見た目は控えめに言って美男子という事以外、ごく普通の人間に見える。彼は一体何者なのだろう……

「シルヴァン様、お話があります」

「何かな」

「勝手に私の親戚にならないでください」

その日の夜。夕食後、応接間で寛《くつろ》いでいたシルヴァンに文句を言った。ラヴァル本家は遠く離れた田舎にあるので、バレる事はないとは思うがそういう問題ではない。

「え、だって一番手っ取り早いかなって思ってね。それにその方が君も都合がいいんじゃない？」

「それは……」

遠縁の親戚ならシルヴァンを屋敷に置く理由ができる。それに加えて、シルヴァンとリシャールが友人となれば、リシャールが屋敷に出入りする理由もできる。まあ実際は住んでいるのだが問題ないだろう。フランツの事は兄のおまけ程度に曖昧にしておけばいい。

「彼らがこの屋敷に住んでいるのは今のところ気づかれてないみたいだけど、今後バレた時のために理由は必要になるんじゃないの？　まさか、王子達とやましい関係は一切なくて彼らはペットが心配で居候《いそうろう》しています、なんて言ったところで誰も信じないし、納得しないと思うよ」

「それはそうですけど……」

「腑に落ちない、そんな顔しているね」

彼の言う通りではある。だが、たとえこの事が周囲にバレて、アンネリーゼ達が困った事態に陥ったとしてもシルヴァンには何の関係もないはずだ。彼が助けるいわれはない。

「今だって君と王太子は恋仲だって噂されているのに、一緒に住んでるなんて知られたら、外堀を埋めて彼を喜ばせるだけだしね」

外堀を埋める……？　妙な物言いにアンネリーゼは眉根を寄せた。

「誰が喜ぶというんだ」

それまでアンネリーゼの向かい側に座り本を読んでいたリシャールは、不機嫌そうに声を上げるとシルヴァンを睨んだ。

「君しかいないだろう？」

また始まった……。あれから食事の時だけはおとなしくしているが、それ以外の時は子供のような言い合いが絶えない。こうなると長くなるのでアンネリーゼは早々に席を立つ。

少し離れた場所でルベライトに虐《いじ》められていたアレキサンドロスを回収して、部屋を後にする。

その際にルベライトに文句を言われたが、目の前のデザートを取り上げるとショックを受けたようで固まった。そのまま部屋を出ようとするが、更にフランツに呼び止められる。だが、今度はルベライトとフランツが口喧嘩を始めたのでその隙に逃げた。

◇◇◇

口が減らないシルヴァンに、リシャールはイライラしながら言い返す。

(外堀を埋めて私が喜ぶだと？　そんな事あるはずがない！)

「君って、相当捻《ひね》くれているよね」

「何だと」

「自分で自分を欺《あざむ》く姿は、見ていて実に滑稽だと思ってさ」

リシャールは黙り込んだ。明らかに馬鹿にされているのに反論できない。

「それに君は本当の彼女を知らない。それがまた哀れで、愉快だよ」

「それは、どういう意味だ……」

「さあね。僕はそろそろ休ませてもらうよ。ルベライト、行くよ」

シルヴァンは自分の言いたい事だけ言うと、さっさと部屋を出て行った。本当に生意気で勝手な男で、目障りだ。

シルヴァンが屋敷に来てから一ヶ月と少し経った。初めこそ警戒していたアンナマリーも、最近ではすっかり絆された様子に見える。

「アレキサンドロスもルベライトも仲良く半分こしないとダメよ」

「ピ〜！」

「まあ、仕方がない。出来損ないにも分けてやる」

四分の一に切り分けたメロンを見て、アレキサンドロスもルベライトも目を輝かせている。言いつけ通り、喧嘩する事なくおとなしく食べ始めた。

「ルベライトもすっかり君に懐いてるね」

「シルヴァン様」

当然のようにシルヴァンはアンナマリーの隣を陣取り、当然のように談笑を始めた。最近では珍しくない光景だ。

前にあの男から言われた言葉が頭から離れず、まるで自分だけが彼女の理解者とばかりに振舞うシルヴァンにずっとイライラしている。彼女も彼女で、何だかんだとあの男と仲良くしており、腹立たしい。そのせいで、最近アンナマリーとの関係があまり良くない。何か言われてもイラついて冷たい態度を取ってしまう。だが、抑えられない。仲睦まじくしている二人をこれ以上見ていたくなくて、リシャールは席を立った。

リシャールは、自室に戻り仕事をしていると侍従から定例報告を受けた。

「まだ調べがつかないのか⁉」

これで何度目か分からない。侍従を送り込む度に、消息不明になる。一体何が起きているんだ。

(ラヴァル家のある場所は、敵地か戦地か何かか⁉)

「申し訳ございません……」

「謝罪などいらん。早く対策を立てろ！」

怒鳴られて怯えた様子の侍従は、青い顔で慌てて部屋を飛び出して行った。その光景に、リシャールはため息を吐く。

正直、今の自分では動かせる配下は限られている。国政に関わる仕事などならば話は違ってくるが、あくまでもこれは私用だ。表立って勝手には動かせない。

「リシャール殿下、あまりイライラされると血管が切れてしまいますよ」

「エルマか」

エルマ・ノエ——リシャールの右腕とも呼べる優秀な側近だ。城を留守にしている間、リシャールの代わりに様々な雑務をこなしてくれている。

「お前が来るとは珍しいな。緊急か？」

「いえ、ただリシャール殿下の様子を見に来ただけですよ。随分と田舎貴族の娘に入れ込んでいらっしゃるようですので、少々気になりまして」

分かりやすい嫌味にリシャールは顔を顰《しか》める。

「別にそんなんじゃない。私はただ、アレキサンドロスがいるから仕方がなくだな……」

この屋敷にいるのはアレキサンドロスが心配だからであって、別にアンナマリーは関係ない……そう自分に言い聞かせる。だがそんなリシャールの内心を見透かすようにエルマは言い捨てた。

「遊びならいくらでも構いませんが、くれぐれも本気にはなられませんように」

「っ……」

「リシャール殿下はこの国の未来を担うお方です。そのようなお方に、あのような田舎貴族の卑しい娘は相応《ふさわ》しくございません。最近はおとなしいものの、以前は学院内でかなり悪評高かったらしいですね。リシャール殿下はその娘に騙されていらっしゃるとロイク様が心配されていましたよ」

なるほど、だからわざわざ屋敷まで来たわけか。リシャールは納得した。ロイクがエルマに告げ口をしたのだろう。最近はリシャールがアンナマリーと一緒にいる事が気に入らないらしく、学院で顔を合わせても全く話さなくなった。アンナマリーが彼の妹のシャルロットにした仕打ちを考えれば当然と言える。また、それを知りながら彼女の側にいるリシャールの事も許せないのだろう。

「そうか」

「恐れながら、これは私からの忠告でもございます。これ以上あの娘に深入りなさらぬよう……」

エルマが帰った後、リシャールは壁を拳で叩いた。イライラが抑えられない。

「っ……」

感情的になるなんて、らしくない。だが彼女と過ごすようになってから、イライラしたり不本意だが楽しく思う事も増えた。うまく感情をコントロールできない……

「あんな女、嫌いだ……」

リシャールは一人そう呟いた。

第五章　チャリティーと画策

シルヴァンが現れた時はどうなるかと思ったが、最近は平穏な日々が続いている。

「アンナマリー様、ご機嫌よう」

「おはよう、アンナマリー嬢」

「ご機嫌よう、アンナマリー様！」

初めてこの学院の門を潜った時と比べると雲泥の差だ。今は周囲から冷ややかに見られる事もヒソヒソとされる事も、以前令嬢達に水を浴びせられたような事件も、あれ以来起きる事はなかった。

アンネリーゼが廊下を歩いていると、すれ違う生徒達が笑顔で挨拶をしてくれる。挨拶など当たり前で、些細な事かもしれない。だがそんな些細な事でもアンネリーゼは喜びを噛み締めていた。

「アンナマリー様、実はお願いがあるんですが……」

そんなある日の放課後、アンネリーゼが帰り支度をしていると、女子生徒に声をかけられた。

「サラ様」

彼女はサラ・マシュー子爵令嬢でクラスメイトだ。最近よく話しかけられる気がする。可愛らしい容姿で、控えめでおとなしく真面目な良い子だ。オズオズとしながらこちらの様子を伺ってくる。今日は少し元気がないように思えた。

「何か困り事ですか？　私でよろしければお力になりますよ」

そう声をかけると、彼女の表情は花が咲いたように明るくなった。

夕食を終えたアンネリーゼは自室でハンカチに刺繍をしていた。いつもならこの時間は皆と応接間でゆったりと過ごすのが日課だが、周りがうるさ過ぎて集中できないため、ここのところ毎日食事を終えるとそのまま自室にこもっていた。

「ピ、ピ、ピ～」

「あ！　ダメよ、アレキサンドロス」

暫く刺繍に集中していると、退屈だったのかアレキサンドロスがくちばしで糸を引っ張ろうとするので、慌てて止める。

「悪戯《いたずら》するならリシャール様の部屋に連れていくからね？」

「ピ⁉」

一気にしゅんとなったアレキサンドロスは、自分の寝床である籠の中に潜った。効果てきめんだ。

「それは一体何の罰ゲームなんだ」

「リシャール様⁉」

いつの間にか開かれた扉の前で、リシャールが複雑そうな表情で立っていた。

「何度もノックはしたが、返事がないので開けさせてもらった……。その、勝手にすまない」

刺繍に夢中になり過ぎて全然気づかなかった……

「いえ、私こそ申し訳ありませんでした。リシャール様、どうかされましたか？」

何故かリシャールは中へと入ろうとはせずに、扉の前から動こうとしない。その事にアンネリーゼは首を傾げる。

「勝手に入るわけにはいかないからな。その……一応女性の部屋、だろう」

どうやら以前注意した事を覚えており、実行しているらしい。意外だとアンネリーゼは眉を上げる。注意はしたものの忘れているか、もしくは反発されるとばかり思っていた。それに言い方は微妙だが「女性の部屋」という認識はあったみたいだ。

「分かりました。でしたら、場所を変えましょうか」

アンネリーゼとリシャールは中庭へと出た。すると辺りはランプが不要なほど、夜空に月が煌々《こうこう》と輝いていた。

「綺麗ですね」

ベンチに座り、アンネリーゼは彼を見ると目が合った。だがすぐに目を逸らされてしまう。

「？」

ここ最近、リシャールの様子がおかしい気がする。どこかよそよそしく、急に威圧的で冷たくなったと思ったら、先程みたいに気弱で遠慮がちになったりもする。何かあったのだろうか……

「あの、リシャール様。それで私にご用とは……」

「……」

「リシャール様？」

リシャールは黙り込み、あからさまに顔を逸らしている。わざわざ部屋まで訪ねてきたのだから、用事があるのは間違いないはずだ。それなのにもかかわらず、一向に話す気配はない。長い沈黙が流れ、アンネリーゼはその間、ぼんやりと夜空を眺めていた。

「……と、特別、用があったわけではない。ただ最近、応接間に君の姿がなかったから、気になって様子を見に来ただけだ。その、もしかしたら何かあったのかと思ってな。べ、別に体調が悪いのかとか、心配していたわけではない、そんな事は断じてないからな⁉」

リシャールは意を決したようにこちらに向き直ると、早口でそう捲《まく》し立てた。

そんな彼の言葉に目を見張る。どうやら、彼は自分を心配して様子を見に来てくれたらしい。

「心配をおかけして、申し訳ありませんでした」

「だから違うと言っているだろう⁉　わ、私は別に心配など……」

「ありがとうございます、リシャール様」

彼の優しさが嬉しくて、自然と頬も緩む。アンネリーゼがお礼を言うと彼はこちらを一瞥《いちべつ》するが、口元を手で隠しまたそっぽを向いてしまった。そんな彼の姿に、何故か心臓が高鳴るのを感じた。

「慈善活動か」

「はい、クラスメイトの方からお願いされたんです」

サラは数ヶ月に一度、慈善活動として教会で開かれるチャリティーに参加しているそうで、それが来月初旬に行われるらしく是非参加してほしいと誘われた。

「その際に孤児院の子供達に贈り物をするそうで、今回は男の子にはスカーフ、女の子にはハンカチを配るので、そのスカーフとハンカチに刺繍をしていたんです。サラ様が手を痛めてしまったので助けてほしいとお願いされまして」

「……なるほど。たくさんあるのか？」

「えっと、全部で百枚です」

数を告げるとリシャールは目を見張る。

「百枚!?　期限は来月なのだろう？　いくら何でも間に合わないだろう」

リシャールは呆れたような顔をするが、困っていると言われたので思わず引き受けてしまったのだ。すると、彼はまた黙り込んでしまった。

◇◇◇

決して頭は悪くないが、お人好し過ぎるといつも思う。サラという娘がどんな人物かは知らないが、明らかに分かる事がある。手を負傷したなど嘘に違いない。これはアンナマリーへの嫌がらせだろう。今月はもう後半に差しかかっている。それなのに来月の初旬までに百枚もの数に刺繍を施すのは無理がある。リシャールは刺繍をした事はない。だが、それでも想像しただけで分かる。

それに話を聞けば、どうやらサラという娘は子爵令嬢らしい。普通に考えて手を痛めたのならば、自分の屋敷の侍女にでも手伝わせればいい。もしくはアンナマリーだけに頼むのではなく、他の友人知人にも声をかけるはずだ。それなのに彼女一人だけにやらせている。そもそも用意する数も多過ぎる。少し考えればおかしいと分かる。だが、彼女はそのサラという娘を信じているのだろう。全く仕様もない事だ。

さしずめ、間に合わずに彼女の責任にして恥をかかせるつもりだろう。実に稚拙《ちせつ》な嫌がらせだ。

「で、間に合いそうなのか」

分かり切った事をわざとリシャールは聞いた。すると、彼女は案の定苦笑する。

「刺繍は得意なんです。でも毎日夜遅くまで頑張ってはいるんですけど、なかなか進まなくて……」

ハンカチには薔薇とウサギ、スカーフには剣と鳥と、ご丁寧に刺繍の柄まで指定されているそうだ。数枚程度なら大した事がないのかもしれないが、それを合わせて五十枚ずつとは、この短期間でやはり不可能だ。

「分かった」

「？」

「私も手伝おう」

多分予想だにしていなかったのだろう。彼女はまるで鳩が豆鉄砲を食ったような顔をした。

「どうした？　顔が間抜け面になっているぞ」

「え、あ、いえ……ただまさか、リシャール様が手伝ってくださるとは思わなかったので……。ちなみに刺繍のご経験は」

「あるはずないだろう」

「あはは……ですよね……」

翌日から、リシャールは毎晩アンナマリーと部屋にこもって刺繍の手伝いをするようになった。

「これはこうなって……」

「なるほど、こうか」

「違います、こうです」

生まれて初めてやる刺繍は思った以上に難しかった。アンナマリーから教えてもらいながらやっているが、これでは逆に足を引っ張っている気がした。

「すまない、まさか自分がこんなに不器用な人間だとは思わなかった」

たかが刺繍……されど、そのたかが刺繍ができない自分が情けない。もう時間もあまりない。自分が完成させたのは未だゼロだ。

「そんな事ありません。初めてなのにお上手です。リシャール様はセンスが良いので、もっと練習されたらきっと私より上手になりますよ」

どう考えてもお世辞だと分かるが、悪い気はしない。むしろやる気になる。我ながら単純だ。

横並びに座り、時折りアンナマリーはリシャールの手元の様子を見ては手を伸ばしてきた。かなり距離が近い。何ならたまに身体や手が触れる事もある。

気づけば真剣に作業する彼女の横顔に思わず見入っている自分がいた。

「どうかされましたか？」

「あ、いや……何でもないっ」

「？」

目が合い、慌てて視線を手元に戻した。顔が異様に熱く心臓がうるさいくらいに脈打っている。

（おかしい、風邪でも引いたか……）

「ピ、ピ〜」

「もう、アレキサンドロス！　糸で遊んじゃダメって、言って……」

「っ!?」

暇を持て余したアレキサンドロスが糸をくちばしで突っつき出し、アンナマリーに怒られていた。全く仕方がないと呆れていると、急に肩に重みを感じる。何だと思い横を見るとすぐそこに彼女の顔があり、今度は心臓が跳ねた。アンナマリーはリシャールにしなだれかかっていた。少し開いた柔らかそうな唇から吐息が漏れる。

これはもしかすると、誘っているのか……思わず喉を鳴らした。だが、まさか彼女がこんな大胆な事をするとは思わなかった。リシャールの無意識に手が彼女へと伸びる。

「ア、アンナマリー……」

いや、待て。手が触れる直前、リシャールは手を止めた。そもそも彼女はこういう人間だったはずだ。男をたらし込み、取っ替え引っ替えしていると噂を聞いていた。実際、ロイクの妹の事もある。アレキサンドロスの事だって叩き落とした女だ。そうだ、以前までの彼女なら十分にあり得る。

「……」

まさかこれまでの事は全て演技で、自分を誘うために距離を縮め二人きりになる機会を窺い、既成事実を作って王太子妃に収まる……そういう魂胆なのか……

（なるほど、私はまんまとこの女の策略にはめられていたというわけか）

エルマやロイクの言う通り、騙されていた。

「アンナマリー、残念だったな。私はそんな陳腐な演技には騙されないぞ！」

全く、こんな女に騙されそうになるとは自分もまだまだだ。情けない。

リシャールはスッと立ち上がりアンナマリーから離れると、鼻を鳴らした。

バタン!!

だがその瞬間、支えがなくなったアンナマリーの身体はそのままズルリと床に滑り落ちた。力なく床に転がるアンナマリーは、どう見ても意識がない。苦しげに呼吸を繰り返している。そんな彼女にアレキサンドロスは心配そうに鳴きながら、身体を擦り付けていた。

「っ……」

（い、いや私はもう騙されないぞ！　これも演技に決まっている、騙され……）

「そんなわけあるか‼　アンナマリー⁉」

我に返ったリシャールは慌ててアンナマリーを抱き起こす。すると身体が異様に熱かった……。しかもよく見ると目の下には隈がある。顔色が明らかに悪い。その瞬間、リシャールは背中に冷たい汗が伝うのを感じた。

「すまないっ、気づいてやれなくて」

急いで彼女を抱き上げ、ベッドに運ぶ。すぐに侍女に医師を呼ぶように命じた。その間、リシャールは彼女の額の汗を拭うくらいしかできず、己の無力さと愚かさをヒシヒシと痛感した。

「すまない……」

「ピ……ピ……」

程なくして医師が到着し診察をしてもらう。医師の見立てでは過労と睡眠不足。しっかりと療養するようにと言われた。確かにアンナマリーは、リシャールが自室に戻った後も毎晩遅くまで作業を続けていたみたいだった。何でもないように振る舞っていたが、ずっと我慢していたのだろう。

「アンナマリー、大丈夫かな……」

「医師に診てもらったんだから大丈夫だよ」

呼んでもいないのに、フランツやシルヴァン、ルベライトがやってきた。だが騒がしくなるので、早々に部屋から追い出す。

「兄さんだけズルいよ！　僕もアンナマリーの看病を……って、兄さん‼」

すると予想通り文句が飛んでくるが、リシャールは問答無用で扉を閉めた。

アンナマリーは頬を赤く染め、寝苦しいのかずっと眉間に皺を寄せている。額の汗は拭っても拭っても流れてきた。

「ピ……」

リシャールの肩に止まったアレキサンドロスは、心配そうに彼女を眺めている。軽く指で撫でてやると、弱々しい声で鳴いた。

「大丈夫だ、アレキサンドロス。薬も飲んだんだ、じきに熱も下がるだろう」

「ピ、ピ……」

「……」

リシャールは先程リタが持ってきた冷たい水の入った桶にタオルを浸して絞ると、それを彼女の額のタオルと交換した。瞬間彼女の表情が和らいだ気がする。

リシャールはアレキサンドロスを寝床に寝かせると、ベッドの脇に椅子を持ってきて座った。

リタやニーナ、他の使用人だっている。別に自分が彼女に付いている理由はない。そう頭では分かっているが、身体がこの場所から動きたがらない。


それから数日、アンナマリーの熱はまだ下がらなかった。フランツやシルヴァン達には学院に行くように言いつつ、自分は休んだ。予想通り、フランツには「兄さんだけズルい！」と喚《わめ》かれたが、「なら私の代わりにお前が仕事をするか？」と言ったら逃げた。仕様もない弟だ。

「さて、やるか」

やるべき仕事を済ませて、自分には似つかわしくない刺繍道具を取り出した。テーブルには彼女が完成させたハンカチとスカーフを見本として置いている。寝る間も惜しんで無理をして、倒れるなんて本当に馬鹿だ。ベッドで苦しそうに眠るアンナマリーが頭を過《よぎ》る。

「本当に君は馬鹿だな」

だが、そんな彼女の努力を無駄にしたくない。いや、絶対にさせない。

その夜——

「兄さんって、そんな趣味があったんだ」

「……勝手に部屋に入るな。ノックくらいしたらどうだ」

あまりに没頭し過ぎて気づくのが遅れた。いつの間にかリシャールの部屋にフランツとシルヴァン、ルベライトがいた。

「へぇ、よくできているね」

シルヴァンは許可もなく勝手にリシャールの隣に座ると、テーブルの上の完成品を広げて見る。

「で、どうして君がこんな事をしているの?」

事情を話すべきか悩んだ。正直に言ったところでシルヴァン等では役に立ちそうにない。だがどの道、リシャールが言わなくてもアンナマリーが回復したらバレるだろう。面倒臭いが、簡潔に説明をする事にした。

◇◇◇

やめて、いたいよ、ひっぱらないで!!

ごめんなさい、ごめんなさい、ごめんなさい……

もうしないから、おこらないで……

ごめんなさい、おかあさま。

どうして、おかあさまはアンナマリーばかり、かわいがるの……?

おかあさまは、わたしのことが、きらいなの……?

わたしが、ダメなこだから、きらいなの……?


(う~ん、何だか息苦しい……随分と昔の夢を見ていた気がする)

アンネリーゼは重い瞼をゆっくりと開いた。頭がぼうっとしている。記憶が混濁していて何も思い出せない。取り敢えずベッドで寝ている事だけは分かった。

「お、重い……え、キャー!?」

胸元辺りに圧迫感を覚え、顔だけを上げ確認すると、そこにはアレキサンドロスだけでなく、ルベライトまでがスヤスヤと気持ちよさそうにして寝ていた。アンネリーゼは驚き悲鳴を上げると、ルベライトを鷲掴みして放り投げた。

「ぐぁ!?」

壁にぶつかったルベライトはペチャッと音を立てて、床に落ちる。

「何で……俺、だけ……」

「あら、大丈夫ですか」

リタの声にアンネリーゼは、ゆっくりと身体を起こした。すると部屋の中に入ってきた彼女は床に落ちているルベライトをひょいと拾い回収する。

「おはようございます、お嬢様。お加減は如何《いかが》ですか？」

「えぇ、大丈夫よ」

「それはよかったです」

リタは安堵した表情で息を吐き、小さく欠伸《あくび》をした。アンネリーゼは目を見張り、眉を上げた。

「申し訳ありません……」

「構わないわ。でももしかして、寝不足？」

「実は、はい……。ようやく終わったのが、一、二時間程前でして……」

何の事か分からず首を傾げていると、リタは少し考える素振りをした後、アンネリーゼに手を差し出してきた。

「起きられそうですか」

身体が怠《だる》い気がするが、起きられないほどではない。アンネリーゼはベッドから降りると、リタの後についていく。

「ピ〜〜〜……」

部屋を出る際にアレキサンドロスが目を覚まし、慌ててアンネリーゼの頭に乗った。ただまだ眠たいみたいで、寝息が聞こえてきた。

「ねぇ、リタ。もしかして私、随分と寝ていた？」

アンネリーゼは、廊下の窓から差し込む朝日に目を細める。眩しいが、清々しい気分だ。

「そうですね、本日で六日目の朝です」

その言葉に残っていた眠気は一気に吹っ飛んだ。記憶を辿り、計算する。えっと、確かリシャールと一緒に刺繍をしていたのは……あの日から六日……？

「え!?　嘘！　どうしよう……」

朝っぱらから叫んでしまった。だが今はそれどころじゃない。アンネリーゼは慌てふためきパニックになる。

「お嬢様、落ち着いてください」

「で、でも！」

「大丈夫ですよ」

優しい笑みを浮かべるリタを見て、少し冷静さを取り戻すが、項垂《うなだ》れた。その後は無言のままリタについていく。彼女は応接間の前で立ち止まると、扉をノックする事なく、逆に音を立てないようにしてゆっくりと開けた。不思議な行動に思わず首を傾げる。

「リタ？」

「お嬢様、し～ですよ？」

まるで幼い子供に言い聞かせるように人差し指を立てて言われ、目を丸くする。アンネリーゼは言われた通りに部屋の中を静かに覗き込む。すると……

「え⁉」

驚いて思わず声が漏れてしまい、慌てて口元を押さえた。

（これは一体どういう状況……⁉）

「皆様、それはもう一生懸命に頑張ってくださったんですよ」

長椅子でリシャールは座ったまま寝ている。その向かい側の椅子ではシルヴァンが完全に横になり寝ていて、フランツは床に座り込みテーブルに突っ伏した状態で寝ていた。そのテーブルの上には刺繍が施されたハンカチとスカーフが積まれている。

「刺繍などされた事がないにもかかわらず、皆様、寝る暇も惜しんで頑張られていました。差し出がましいかとは思いましたが、僭越ながら私共使用人も手伝わせていただきました。またフランツ様が声をかけてくださり、城の侍女等の手伝いもあってようやく朝方終えたところなんです」

思わず唇を噛んだ。引き受けたのは自分なのだから、本来ならば自分が責任を持ってやらなくてはならない。リシャールには手伝ってもらったが、正直あてにはしていなかった。ただ彼の気持ちが嬉しくて、彼の申し出を受けた。実質自分一人で全てやるつもりだった。

「アンネリーゼ様」

瞬間名前を呼ばれてビクリとなり、リシャール達を慌てて確認した。よかった、起きていない……と胸を撫で下ろす。リタの意図が分からず戸惑いながら彼女を見ると、いつになく真剣な表情をしていた。

「無理な時は無理だと言葉にされていいんですよ。一人では難しければ、時には誰かに頼ってもいいんです。我慢ばかりする必要は、もうございません。ここには貴女《あなた》を縛り付ける人はいないのですから」

リタの言葉に目の奥が熱くなるのを感じて、アンネリーゼは顔を伏せた。

◇◇◇

目を覚ますと、そこにはすっかり顔色が戻ったアンナマリーがいた。

「おはようございます、リシャール様」

まるで花が綻《ほころ》ぶような愛らしい笑みを浮かべている彼女が、自らハーブティーを淹《い》れてくれた。

「どうぞ」

「あぁ、いただこう」

部屋の窓からは朝日が差し込み、実に清々しい気分になる。彼女が手ずから淹《い》れてくれたお茶は実に格別だ。疲労した身体に染み渡り、疲れも眠気も吹っ飛んだ気がした。そして、何よりも彼女の笑顔に癒やされる。

「もう、身体は大丈夫なのか」

「はい、お陰さまですっかり元気になりました」

言葉通り、顔色もよく声にも張りがある。どうやら無理はしていないみたいだ。

「リシャール様、リタから聞きました。ご迷惑をおかけして本当に申し訳ございませんでした」

「いや、私にも落ち度はある。あんなに顔色が悪かったのに、気づいてやれなかった。すまない」

「そんな、違います！　リシャール様は何も……」

リシャールはお茶を飲み干すと立ち上がった。

「今日は昼までに教会へ行くのだろう。こんなに頑張ったんだ、遅刻するわけにはいかない。そろそろ支度をしないとな」

そう言いながら彼女へ手を差し出すと、アンナマリーは笑顔でその手を……

パチンッ！

「何をする！」

いつの間にか起きていたシルヴァンに叩かれた。よく見るとフランツも目を覚ましており、つまらなそうにしてこちらを見ている。

「散々譲って待ってあげていたんだ。文句を言われる筋合いはないよ。アンも回復したんだし、遠慮はしないよ」

この男……やはり、どこまでも腹が立つ。

「勝手に言っていろ。お前など相手にしない」

暫く互いに睨み合っていると、テーブルに置かれたタオルの上で寝ていたアレキサンドロスが目を覚ました。

「ピ！」

「あら起きたの？」

「ピ～ピ～！」

パタパタと降りてきてアンナマリーの肩に止まると、頬にスリスリと甘える。すると彼女はくすぐったそうに笑う。その光景をリシャールやシルヴァン、フランツは無言で眺めた。

「「「……」」」

言いしれぬ敗北を感じる。

(別に、う、羨ましくなど、全くないからな⁉)

◇◇◇

「アンナマリー様、お待ちしておりました」

教会へと到着すると、笑顔でサラが出迎えてくれた。

「さあ、こちらへどうぞ！」

彼女は挨拶もそこそこに、アンネリーゼの手を取るとどこかへと引っ張っていく。普段の控えめなイメージとは違い、何となく違和感を覚えた。

連れて行かれた先にはたくさんの子供達とチャリティーの参加者達がいた。サラはアンネリーゼを周囲からよく見える位置まで連れていくと、ようやくそこで手を離した。

「皆様にご紹介致します。伯爵令嬢のアンナマリー様です。今回、アンナマリー様が自らこのチャリティーに参加したいと申し出てくださり、孤児院の子供達に自ら刺繍を施したハンカチやスカーフを百枚もご用意してくださいました」

（え……）

確かに間違ってはいないが、物言いがところどころ引っ掛かる。

「そうですよね、アンナマリー様？」

「え、はい……」

「本当は、私が手作りで子供達に靴下を作っていたのですが、アンナマリー様に見ていただいたところ、こんな貧乏臭いものは子供達は喜ばないとご教授いただきまして、その代わりにとハンカチとスカーフをご用意してくださり、本当に感謝しかありません」

靴下なんて聞いてない……それに貧乏臭いなんて言った記憶だってない。サラの話に困惑する。

無論その場は騒然となり、アンネリーゼは周囲から白い目で見られ、呆然と立ち尽くした。あまりの事に、言葉が出なかった。

「あれだけ豪語されていらっしゃったのですから、勿論ハンカチとスカーフに一枚一枚しっかりと刺繍された上で、合わせて百枚持って来ていただけているんですよね？　子供達も、とっても楽しみにしているんですから、まさか間に合わなかったとか仰いませんよね？」

いやらしい笑みを浮かべるサラを見て、ようやく違和感の正体に気づく。理由は分からないが、騙されたんだと理解した。

「あの、サラ様……」

「無論、全て揃っている」

アンネリーゼが口を開いた瞬間だった。人混みの後方から声が聞こえると、人を掻き分けてリシャールが歩いてきた。

「リシャール様！」

すると彼の姿を見た瞬間、サラは目を輝かせる。

「まさか、リシャール様がいらっしゃってくださるなんて……！」

先程の意地の悪い笑みが嘘のように、頬を染めオズオズとしながら彼女はリシャールに近寄った。

さりげなくそのまま彼の手に触れようとするが、察したリシャールはサッと避ける。

「君がサラ嬢か」

「リシャール様が、私の事をご存知なんて感激です！」

「君から頼まれたハンカチとスカーフは、既に教会の関係者に渡してある。刺繍はどれもしっかりと一枚一枚綺麗に施されている故、君も後で確認するといい」

たくさんあるのでリシャール達が運んでくれると言っていたが、仕事の早さに目を見張った。

「え、あー……そう、なんですね。流石《さすが》、アンナマリー様。この短期間であれだけの量をお一人でよく間に合いましたね。あぁ、もしかしてリシャール様に泣きついてどうにかしてもらったんですか？　男性に色目使う事だけは得意ですから……本当アンナマリー様って、ズルい方ですよね」

予想外だったのか、サラは顔を引きつらせ、歯切れが悪く話すとこちらを睨んだ。

「サラ嬢、痛めた手はもう治ったみたいだな」

「っ‼」

無意識に掴んでいたであろうスカートから慌てて手を放すと、バツが悪そうに後ろに隠した。

「私は、君が彼女に困っていると言って助けを求めてきたと聞いているんだがな。百枚ものハンカチやスカーフに、いかにも時間のかかりそうな柄を指定した上で作るように頼んだのも君だと聞いている。絶対に終わらないと分かりながら、わざとそうしたのではないのか？　それでも彼女は、寝る間も惜しんで毎晩遅くまで頑張っていた。だが、無理がたたり途中身体を壊してしまってな。見かねた私が自ら手伝いを申し出たまでだ。それの何が悪いのか私にはさっぱり分からん。他の者の力を借りる事の何が悪い？　それがズルか？　では君は何なんだ？」

「……リ、リシャール様は騙されているんです！　そんなのはアンナマリー様の嘘です！　彼女は私を悪者にしたいだけです、信じてください！」

迫真の演技だと思う。世の中にはアンナマリーのような人間って意外といるのね……とアンネリーゼは他人事のように思った。

「そういえば先程君は、靴下を用意したと言っていたな。彼女がそれを貶《けな》したとも話していたが、それは事実なのだろうな？」

「はい、間違いありません」

「そうか、分かった。なら、それを含めて後程本人にも確認をする。もし事実ならば、君へ膝を突いて謝罪をさせよう」

その瞬間、彼女の口角が僅かに上がったのが分かった。リシャールは彼女の言葉を信じたのだろうか……。ただ、これまでのアンナマリーの素行を思えば仕方がない事だと言える。

「ところで君の作った靴下はどこにあるんだ？　せっかくだ、それも子供達に贈ってはどうだ？　きっと皆喜ぶだろう」

「え……」

「そんな物は存在などしないのだろうがな。本当は用意などしていないのだろう？」

「ち、違います！　本当に作りました！　ただ今は、ありませんが……」

「用意したのに、ないとはどういう意味だ」

「それは！　ですから、その……そう！　アンナマリー様が、貧乏臭いと仰ったので、恥ずかしくなってしまって屋敷に置いてきました」

先程も思ったが、表現の仕方が何とも言えない……。だが確かに本物のアンナマリーなら言いそうな気もする。それよりリシャールの物言いの方が心臓に悪い。幸いサラはそれどころではなく気づいていないみたいだが、リシャールの発言は一緒に住んでいる事を公言しているも同然だ。多分言っている本人に自覚はないだろうが……

「なるほど、なら屋敷にはあるんだな？」

「はい……」

「分かった、ならば今から君の屋敷に取りに行こう」

「っ!!」

その瞬間、サラの顔がサッと青くなり俯《うつむ》いた。黙り込み微動だにしない。その光景にリシャールは鼻を鳴らした。

「これ以上は時間の無駄だな、茶番はしまいだ。君が嘘を吐いてアンナマリーを陥れようとした事は分かっている。すでに証言はとれているからな。このチャリティーには学院関係者や生徒等も多数参加している。理由は知らんが、彼女に恥をかかせて悪評でも広めるつもりだったのだろう」

　サラは控えめで真面目で良い子だと思っていたのに、自分には見る目がない。

「……そんな女っ、どこがいいんですか⁉　以前のリシャール様はどんな女性にも関心なんて示さなかったのに！　私は、入学してからずっと貴方をお慕いしていたんです！　でも身分が違うから叶う事はないと諦めました。でもそれならせめて、リシャール様には高貴で淑女の鑑のような方と結ばれてほしいとずっと願っていたんです。それなら私も仕方ないと思える、諦められるっ……。それなのに、どうしてそんな貞操観念が崩壊した卑しい女を選ぶんですか⁉　性格も頭も悪く、良いところなんて皆無の悪魔みたいな女なんですよ⁉　それなら、私だっていいじゃない‼」

「……」

　サラの言う事は間違ってはいない。確かにその通りで、むしろよく分かっていると感心さえしてしまう。今すぐ本人に聞かせてやりたいくらいだ。まあ、聞かされたところであの妹の事だから、鼻で笑って終わりだろうが。

　だが、今は自分がアンナマリーなのだ。そう考えると複雑だし、何より立場が悪い。今回の件はサラが悪いが、今回の事でまた昔のアンナマリーの事を蒸し返されて、きっと誰も自分を擁護してくれる者はいないだろう。最近は自分でも実感できるほど、周囲に馴染んできたと思っていたのに……また、逆戻りになってしまう。

「そうだな。確かに君の言う通り、以前の彼女は悪魔みたいな女だった」

「……」

別に擁護してほしいなど贅沢は言わないが、もう少しオブラートに包んでほしい……

「だが、君もクラスメイトならば知っているだろう。今の彼女が、君の話したような人間ではないという事を。彼女は変わった。ハッキリ言って、今の彼女は君より遥かに素敵な女性だ。少なくとも君みたいに誰かを陥れようとはしないだろう。彼女は君を信じて、力になりたいと懸命に努力する、そんな優しい女性だ」

彼がまさかそんな風に思ってくれているとは思わなかった。何だかむず痒《がゆ》くて気恥ずかしさを感じ、顔を逸らす。ただ、アンナマリーは変わったわけじゃない。いや、違う意味では代わった事は代わった。人そのものが……なんて言えない。

「……だからですよ」

「何がだ」

「散々醜態晒して、周りに害悪を撒《ま》き散らしておいて、少し変わったからって皆、手のひら返したようにチヤホヤしちゃって。今度は良い人気取り？　余計に腹が立ったのよ!!　他人の婚約者寝取って滅茶苦茶にするような女のくせに！　貴女《あなた》のせいでシャルロット様はね、未だに引きこもっていらっしゃるのよ!?」

（婚約者を寝取った……？　シャルロット様……？　引きこもっている……？　どういうこと……）

第六章　明かされた真実

「フランツ様」

「そんな怖い顔して迫られても嬉しくないいな。せっかくなら、もっとこう、おねだりするみたいに上目遣いで……って痛っ！」

フランツが近付いてきて抱き締めようとしてきたので、アンネリーゼは足を踏む。

「足踏むなんて、酷いよ〜」

「正当防衛です」

「ちぇ、つれないなぁ。で、僕に聞きたい事があるんでしょう？」

ニッコリと笑う彼は、アンネリーゼが何を聞きたいかなんて分かっている。

「……シャルロット様とは、どなたですか」

サラの言葉を聞いた瞬間、すっかり忘れていたが、アンネリーゼが学院に来たばかりの時に言われた「あんな事」を思い出した。結局曖昧なままだったが、今回の一件で知る事となった。

「フランツ様が話していた、あんな事ってその方の事ですよね」

「サラ嬢もさ、今更余計な事してくれるよねー」

そう言いながらフランツは椅子に座る。アンネリーゼにも目で座るように促してくるので、彼の向かい側に座った。

「結論から言えば、サラ嬢が言った通り、アンナマリーはシャルロットという令嬢の婚約者を寝取ったんだ。シャルロットは僕にとっては従姉《いとこ》でね……」

シャルロット・ジュアン公爵令嬢。リシャールとフランツの従姉妹《いとこ》にあたる。彼女には幼い頃からの婚約者がいて、政略的なものだが二人は仲睦まじかった。だがそんな婚約者の彼をアンナマリーが寝取ってしまい、彼の方はアンナマリーに心酔しシャルロットに婚約破棄を申し出た。解消ではなく破棄となると、それだけで揉めた事が予想できる。

シャルロットはその後、ショックのあまり塞ぎ込んで、現在も自邸の自室に引きこもっているそうだ。婚約者だった彼はシャルロットの兄から責められ、追い詰められた末に学院を辞めたという。

「まあ、君が気にする必要はないよ」

ヘラヘラと笑うフランツに、ほとほと呆れる。

「そんな事、無理です……」

「どうして？　やらかしたのは君じゃなくてアンナマリーでしょう？」

確かにそうだが、今は自分がアンナマリーなのだ。それに、もしそうじゃなくても身内としての責任がある。気に病むなと言われても無理な話だ。

「とにかく、今更どうにもならないし、この事は忘れた方がいいよ～？」

どこまでも適当というか何というか……

「でも、そうだなぁ。一応ロイクには気を付けた方がいいかもね。彼は超シスコンだからさ～、きっと、アンナマリー《きみ》は恨まれているはずだから」

ロイク……確か彼は以前リシャールとよく一緒にいるのを見かけた。学院初日から嫌味を言われ、その後もリシャールと共に出くわす度にものすごい形相で睨まれていた。その理由が今、痛いほど分かるし、そうされて当然だと思った。

そういえばあまり気にしていなかったが、最近はリシャールとロイクが一緒にいるところを全く見なくなった。もしかして仲違いでもしたのだろうか。

アンネリーゼはフランツと話し終えると自室に戻り、一人悶々と考え込む。

ようやく平穏な日々が訪れたかと思ったらこれだ。ここに来て改めて妹のヤバさを痛感する。やはりアンナマリーとして幸せに生きていくのは無理かもしれない。少なくとも学院に通う間は……

「気を付けた方がいいって言われても……」

フランツの言葉は抽象的で、何をどうしたらいいのか分からない。それに……

(シャルロット様か……あのロイク様の妹君なんてね)

未だに引きこもっているなんて、よほどショックだったのだろう。自分とオスカーは、籍を入れるまでに何度か顔を合わせたくらいで、まともに話した事もなかった。なので、妹に寝取られた時は驚いたし腹も立ったが、どちらかというと呆れた感情の方が大きかった。

だがもしも、彼と自分が昔からの知り合いで仲も良くて、そんな人を寝取られたと考えたら自分も彼女のように塞ぎ込んでしまうかもしれない。

(眠れない……)

アンネリーゼはベッドに入るが、なかなか寝付けずにいた。何度も寝返りを打つ。

謝罪……頭にそんな言葉が浮かぶ。勝手な話だが、彼女には幸せになってほしい。だが謝って許される話ではない。むしろ、謝罪したところでもっと嫌な思いをさせてしまう可能性もある。だが、このままでは彼女はずっと塞ぎ込んだままかもしれない。

（私はどうしたら、いいのだろう……）

フランツの言う通り忘れた方がいいのだろうか――


数日後――アンネリーゼは真剣な表情でフランツと向き合っていた。だが、彼は相変わらずヘラヘラとして、適当な言葉しか返してくれない。

「君、真面目過ぎるよ～。この前も言ったけどさ、今更謝る必要ないと思うよ？　本人が好きで引きこもってるんだから、別に放っておけばいいんじゃないかな」

シャルロットはフランツにとって従姉《いとこ》のはずなのに、まるで興味がないのか面倒臭そうに話す。

「でも、妹のせいで塞ぎ込んでしまって、せっかくの学院生活までも無駄にしてしまって……彼女だけじゃなく、きっとご家族も心配して辛い思いをされていると思うんです。謝って許される話ではないのは分かっています。でも、このまま忘れるなんて無理です」

「ふ～ん。僕は別にシャルロットがどうなろうが興味ないしなぁ。あの子さ、昔から控えめでおとなしくてつまらないから、あまり好きじゃないし～。そもそも寝取ったアンナマリーも悪いけど、シャルロットにも魅力が足りないから寝取られたんじゃないの？　それで捨てられたからって塞ぎ込むとか、弱過ぎ……え!?　ちょっ、待って！　苦しい〜！」

相手は王子だ。我慢、我慢……いや無理、限界……

フランツのあまりの暴言に堪《こら》えかねて、アンネリーゼは気づけば座っている彼の胸ぐらを掴んでいた。笑顔でギリギリと詰め寄る。

「ご、ごめんって！　謝るから、離してよぉ〜!!」

本心かは分からないが取り敢えず謝罪があったので、アンネリーゼは胸ぐらから手を離す。

「何かさ、本当君達って違うよね。見た目は瓜二つなのに、中身は天と地の差があるっていうか……。君は真面目過ぎるぐらいだし、責任感もあって優しいよね、たまにちょっと怖いけど。はぁ……正直、超〜面倒臭いけど、仕方ないか。手伝うよ」

フランツの協力を得る事となり、アンネリーゼはシャルロットへの手紙をしたためた。無論、中身は謝罪文だ。本来ならばアンナマリー本人がするべき事だが、そもそも妹に罪悪感など微塵もないので、謝罪文など一生書く日はこないだろう。

正直こんな手紙を書いたところで、どうにもならないかもしれない。彼女を嫌な気持ちにさせるだけかもしれない。許してもらいたいわけではない。怒りでもどんな感情でもいい、彼女が部屋から出るきっかけになれたら……

『シャルロットの様子見に行ってきたよ。相変わらず、部屋から一歩も出て来ないって屋敷の侍女が言ってた。必要最低限以外は誰も部屋に入れないみたいだし、侍女が部屋に入るといつもベッドの上で蹲《うずくま》っているってさ』

先にフランツが様子を見に行き、現状を教えてもらった。噂ではなく、正確な情報が必要だと考えたからだ。そこで改めて思う。これ以上、妹のせいで彼女の大切な時間を無駄にしてはいけない。

『僕さ、正直あまり行きたくないんだよね～。なんか知らないけど昔からロイクに異様に嫌われてるからさ。でも僕、王子だし？　流石《さすが》に屋敷に入れてもらえない事はないけど』

「ピ、ピ、ピ～」

ペンを持ったまま意識を飛ばしていたが、アレキサンドロスの声で我に返った。

「ピ、ピ、ピ～」

「もう、アレキサンドロス！　悪戯《いたずら》しちゃダメ！　これは大切なものなんだから」

「ピ……」

アレキサンドロスは、足をインクに浸して、便箋に足跡をつけて遊んでいた。また書き直しだ。

「それに、真っ黒じゃない」

しかも足だけではなく、身体中がインクまみれになっている。インクの染みが落ちなくなる前にお風呂に入れなくてはと、アンネリーゼは苦笑する。

「アレキサンドロス、お風呂に入りましょう」

「ピ！」

目を輝かせるアレキサンドロスに、アンネリーゼはピシャリと言い放つ。

「一緒には入らないからね」

「ピ!?　ピ……」

◇◇◇

——またか。ロイクは、使用人から受け取ったシャルロット宛の手紙を破り捨てた。

(いい加減しつこ過ぎるだろう⁉　これで何通目だ……)

「あ〜あ、本当ロイクは酷いなぁ、せめて中身くらい見てくれてもよくない？」

「……」

(ウザイ。ウザ過ぎる。どうしてこうも毎日現れる⁉)

使用人には屋敷に入れないようにと言い付けているのに、毎回勝手に入れている。理由は単純で、こいつが使用人を脅しているからだ。「僕、この国の第二王子なんだよ？　いいのかなぁ、そんな無下《むげ》にして。父さんに言い付けちゃおうかなぁ？」みたいな事を毎度言ってくるらしい。

実際は国王に報告されたところで、何でもないだろう。フランツの実父である国王は聡明な方だ。決して馬鹿息子の言いなりになどならないだろう。だが、このくだらない脅し文句は使用人達には効果絶大らしく、小心者の彼らは白旗を上げて中へと入れてしまう。仕様もない。

「ねぇねぇ。ねぇってば聞いてる？」

「うるさい！　耳元で喚《わめ》くな！　聞こえているに決まっているだろう⁉」

「だって、返事しないから聞こえてないのかと思ったんだもん」

(もんって、お前は一体いくつだ⁉　幼児か何かか⁉　だから昔から嫌いなんだ)

「一体何の用だよ。僕は君と違って忙しいから、さっさと用件言ってくれる？」

「……」

こっちが聞こうとすると何故黙る!?　急に黙り込むフランツに、キレそうになる。

「用事がないなら、僕はこれで失礼するから」

ロイクが踵《きびす》を返したその瞬間、腕を掴まれた。

「何!?　用があるなら……」

振り返ったロイクは目を見張った。いつもヘラヘラして締まりのない顔をしているフランツが、珍しく真剣な表情をしていたからだ。

「何……」

「さっきの手紙で何通目？」

「は？　何通目って……」

「二十九通目だよ」

最近毎日のように届いていた手紙は、気づけばそんなになっていたのかと、少し驚いた。あまりに頻繁に届くので逆に新手の嫌がらせなのかとさえ思っていたが……

「何が言いたいの……」

「少しは譲歩してくれてもいいんじゃないかなって事」

「何だよ、それ……僕にどうしろと？」

「シャルロットに手紙を渡せとは言わないけど、その代わり彼女に会ってよ」

フランツから予想外の話を持ちかけられてから、数日後――ロイクは友人のゲルトの屋敷であるラフォン侯爵家に来ていた。

「どうでもいいが、どうして俺の屋敷を使うんだ」

「知らないよ。そんなのあの馬鹿に聞いてよね」

あんな女の顔など見たくないが、フランツがあまりにしつこいので、思わず了承してしまった。それに断ればロイクが頷くまで、二十四時間付きまとわれそうだ。あいつはそういう奴だ……

『ゲルトの屋敷？』

『だってロイクの屋敷は無理だし、君は彼女の屋敷には行かないでしょう？　城でもいいけど、人目もあるし。なら、間を取ってゲルトの屋敷が無難かなって』

「……って言ってはいたけど正直、一体どこが間なのかさっぱり分からないよ。本当、あいつの考えは分からない」

ロイクとゲルトが暫く話していると、ヘラヘラした顔のフランツがやってきた。

「やあ、ロイクとゲルト、お待たせ～」

そしてその後ろから少し遅れてやってきたのは、見覚えのある赤毛の娘だった。

「ロイク・ジュアン様、本日は私などのためにお時間をいただきまして、ありがとうございます。またゲルト・ラフォン様におかれましては、場所の提供をしていただき感謝しております」

挨拶をしたアンナマリーは、丁寧にお辞儀をした。先に現れたフランツは既に我が物顔で勝手に座っているのに、彼女は一向に席に着こうとしない。困惑してフランツを見ると「立たせたままじゃかわいそう〜鬼畜〜」とほざく。イラッとする。

「遠慮せずに、どうぞ。君はそんな女じゃないだろう。僕相手に猫被らなくていいから。君の卑しい本性はよく知っているからさ」

そう嫌味ったらしく言ってやると、そこで初めて彼女は席に着いた。使用人がお茶を淹《い》れた後、人払いをする。

ようやく話し合いが始まった。ただ、端からまともに話すつもりはない。フランツがしつこいから会ったが、それだけだ。どんな謝罪をされようが、今更この女を許すつもりは微塵もない。

「それで、僕に話したい事って？　さっさと済ませてよね。正直君みたいな売女《ばいた》とは一秒だって話したくないし、同じ空間で同じ空気を吸いたくもない。その男に媚びるようないやらしい下品な顔を見ているだけで吐きそうだ。今日はフランツがあまりにしつこいから、仕方なく来ただけだし、その馬鹿な頭で勘違いしないでよね」

わざと煽るように言うが、彼女は怒る素振りを全く見せなかった。ここまで言えば、逆上して喚《わめ》いて帰ると思ったのに……少し意外だった。

「そうですよね、不快な気分にさせてしまい申し訳ありません。今少しお時間をいただけると幸いです。ではまずは手紙の件ですが、申し訳ありませんでした。本来ならばそんな不躾な事をできる立場ではない事は重々承知しております」

「分かっているなら迷惑だからやめてくれる？　不愉快なんだよ。謝罪文だとかは知らないけど、今更何なの？　そもそも、謝って済む問題じゃないんだよ。少しでも謝罪の気持ちがあるなら、今すぐ僕の前から消えてくれ」

乱暴な物言いに黙り込んだ彼女は、顔を顰《しか》める。

もしかして泣くつもりか？　この女の事だ、泣き落としは得意技だろう。

何しろ男を落とすのに効果てきめんだからな。

（残念ながら、僕には通用しないけどね）

そんな風に嘲笑するが、予想に反して彼女は泣く事はなかった。まっすぐにロイクを見据えている。暫し間があり、アンナマリーは意を決したように話し始めた。

「弁解の余地もありません。……ただシャルロット様の事が気がかりで、どうしても謝罪をしたく、手紙をしたためました。手前勝手な事だとは理解しています……」

言い訳をする事もなく、一言ひとことを丁寧に話す。その間一度も目を逸らす事はなかった。ロイクの知っている彼女とは別人のようだと違和感を覚える。

「シャルロット様に直接お会いして謝罪する事は叶わないと分かっております。ただ、せめて手紙をお渡しいただけたらと思い……」

腑に落ちない……。不審に感じながらも、ロイクはアンナマリーの話を黙って聞いた。

「許してくださいなど言えませんし、許していただけるとも思っておりません。ただ手紙をご覧になってシャルロット様の今の気持ちがどんな形でも動くのならば……私への怒りや憎しみ恨み、何でもいいんです。このままずっと部屋にこもり、これ以上彼女の大切な時間を無駄にしてほしくないんです。人は、変化を恐れます。一度当たり前になってしまうと、そこから抜け出す事は容易ではありません。だから、どんな形であろうときっかけが必要なんです。お願いします、ロイク様」

彼女とまともに話したのはこれが初めてだ。これまで、直接的な関わりよりも間接的な関わりばかりで、リシャールが付きまとわれていた時に少し接したくらいだ。あとは妹の件で何度か本人に直接文句を言った事はある。だが、あの時は謝罪どころか「私は悪くない」の一点張りで会話にならなかった。ロイクは目の前に座るアンナマリーを凝視する。

あの時の彼女と全く違って、正直頭が混乱している。噂で心を入れ替えたと聞いてはいたが、これは流石《さすが》に変貌し過ぎだろう。頭でも打ったか、変な物でも食べたのかと聞きたくなる。見た目は変わらないが、中身は別人にしか思えない。周囲からの評価も以前と比べると天と地の差がある。悪評ばかりで嫌われていたはずが、今は逆に良い噂ばかりを耳にする。

そういえば、リシャールもあんなに嫌っていたのにもかかわらず、この女に絆されたか騙されているのかは知らないが、随分と入れ込んでいる様子だった。

アンナマリーの様子が変わったのはいつ頃だったか……リシャールが彼女に接触するようになった頃と同じくらいだった気がする……それは、いつだ……暫く姿を見なくなり、ようやく辞めたのかと思ったら、戻ってきて……記憶を辿っていく。

「……」

ロイクは隣に座るゲルトへ視線を向けると、彼もまた目を見張り、彼女を見ていた。おそらく彼も同じように違和感を覚えているのだろう。

「なるほど。君の慈悲深い気持ちはよく分かったよ。他人の君がそんなにも妹の事を思ってくれるなんて、感無量だね」

「ロイク、流石《さすが》にそんな言い方はないだろう」

ゲルトに窘《たしな》められるが聞こえないふりをした。きっと彼には嫌味に聞こえたのだろう。だが別にそういう意味じゃない。ロイクは居住まいを正し、改めて彼女を見た。違和感の正体は多分……

「ところで、君は誰なの？」

その言葉に、その場は水を打ったように静まり返った。

「あはは」

長い沈黙を破ったのはフランツの笑い声だった。相変わらず空気の読めない彼は、暫く一人で笑い終えると、彼女に向き直る。

「ロイクは、やっぱり兄さんなんかより勘が良いから、無理だよねー」

「……」

「ねぇ、さっきの話さ、君自身の事でもあるんじゃないの？　君も分かってるんじゃない。このままじゃダメだってさ」

彼女は何かを考えるように暫し目を伏せていたが、不意に立ち上がった。

「ロイク様……失礼致しました」

ロイクはまっすぐな彼女の瞳を見つめ返した。

「私は……アンネリーゼ・ラヴァルです。アンナマリー・ラヴァルの姉です」

「えっと、二重人格とかじゃなくて？　本当に、姉なの？　姉にしては、似過ぎてない……？」

その瞬間、自分で言ったくせにロイクは驚き過ぎて間抜けな質問をしてしまった。口調もたどたどしくなる。

「私達は、双子なんです」

「あー……なるほどね……」

彼女の言葉に、納得すると同時に自分の馬鹿さ加減が恥ずかしくなった。

「……それにしても、本当そっくりだ。でも、性格はまるで違うんだな」

感心しながらゲルトは、舐め回すように彼女を頭のてっぺんから足のつま先まで観察する。その様子に、そんなんだからモテないんだと内心悪態をつく。……人のことを言えた義理ではないが。

しかし予想外の展開に、一気に気が抜けた。フランツを見るとしれっとしていて無性に腹が立つ。

「アンネリーゼ、だっけ？」

「はい」

「君達が双子なのは分かったけど、どういう事？　本物はどうしたの？　何で君がアンナマリーのふりをしているのかさっぱり分からないんだけど」

瞬間、彼女の顔が見る見る強張《こわば》っていくのが分かった。

「……一年程前、私はとある方と結婚しました」

彼女の意外な言葉に、ロイクもゲルトも思わず顔を見合わせる。

「その時、妹は学院に長期休暇届を出して、田舎にあるラヴァル伯爵家の本宅へ帰ってきたんです。昔から私達はあまり仲が良い姉妹ではなかったのですが、その夜は珍しく妹からお茶に誘われて、妹が勧めてくれたお茶を飲んだら……気がついたら朝でした。私は、妹がお茶に睡眠薬を入れた事に気づかなかったんです」

だんだんと話の雲行きが怪しくなっていく。

「目が覚めた私が慌てて夫婦の寝室へ向かうと、そこには夫と妹が……同じベッドで寝ていました。妹が私になりすまして、夫と初夜を済ませてしまった後でした。母は昔から妹を溺愛していて、妹の言う事なら何でも聞いてしまうような人で、私は母の命令で妹と入れ替わるように言われて……」

(何だよ、それ……)

開いた口が塞がらないとはこの事だ。いくら何でもめちゃくちゃ過ぎるだろう。それに、その話が真実ならば、彼女もまた自分の妹と同じだ……

立場や関係性などの違いはあるものの、きっと傷付いた心は同じなはず。妹のシャルロットと彼女が重なって見えた。怒りが込み上げ、やるせない気持ちになり、ロイクは唇を噛んだ。

「分かった、もういいよ。話してくれてありがとう。……君も辛かったね」

そう言うと彼女は苦笑した。ロイクは席から立ち上がると、彼女の元へと行く。自分を見る彼女の瞳は少し不安げに揺れて見えた。

「信じてくださるんですか」

「まあね。君を見ていたら嘘を吐いていないって分かるよ。でも、万が一それが演技なら、僕は人間不信になりそうだけど」

大袈裟に肩をすくめて見せると、その場に笑いが起こる。

「アンネリーゼ、いいかな」

「……はい？」

「君をシャルロットに会わせたい」

瞬間、彼女が息を呑むのが分かった。正直、こんな風に思う自分にも驚いている。だが、もしかしたら彼女が妹を助けてくれるんじゃないかと思ったのだ。同じ立場の彼女になら、妹も心を開くかもしれない。ロイクだってずっと思っていた。このままじゃ妹はダメになる。だが、自分にはどうしてやる事もできなかった。……不甲斐ない兄だ。

「いいんですか……」

「うん。でも一つ条件がある。妹に先に君の正体を明かすこと。それなら会わせよう」

「……分かりました、シャルロット様に私の事を話してくださって結構です」

◇◇◇

ロイクと話し合いをしてから数日後、アンネリーゼはジュアン公爵家の屋敷を訪ねた。無論フランツも付き添いで来てくれている。ちなみに前回同様、アレキサンドロスは置いてきた。連れて来れば、面倒事になりそうだからだ。

「すごい、お屋敷……」

流石《さすが》公爵家ともなると格が違う。もはや屋敷というより小さな城のようだ。アンネリーゼが馬車を降りて暫く立ち尽くしていると、ロイク自ら出迎えに来てくれた。

「待っていたよ。さあ、中へどうぞ」

ロイクはアンネリーゼへと手を差し出す。

初めて会った時とは別人のように紳士的な彼に目を見張る。先日も思ったが、元々彼はこういう人柄なのだろう。彼にとってシャルロットがそれだけ大切な妹《ひと》だという事だと分かる。

緊張しながら屋敷の長い廊下を歩いていく。ふと後ろを見ると、フランツは相変わらずでダラダラと面倒臭そうについてくる。その姿を見て思わず気が抜けた。

「シャルロットに、君の事は全て話させてもらったよ。反応はあまりなかったけど、君と会う事は了承しているから」

「分かりました」

改めて気を引き締めて扉に手をかけると、ロイクに引き止められる。

「妹を頼む」

彼は期待と不安が入り混じった、そんな複雑な表情を浮かべていた。

部屋の中へと入ると、彼女はベッドの上で頭からシーツを被って蹲《うずくま》っていた。多分ずっとこうしているのだろう。

「シャルロット様。初めまして、私はアンネリーゼ・ラヴァルです」

アンネリーゼが挨拶をすると、彼女はシーツを少しずらしてこちらを見た。そして目が合った瞬間、身体をビクリと震わせる。

「お兄様のロイク様からお話を伺っているかと思いますが、私はアンナマリーではありません。私は彼女の双子の姉です」

長い沈黙が流れる。だが暫くすると、シャルロットは被っていたシーツから顔を出し、ゆっくりとベッドから降りてきた。

「……初めまして、シャルロット・ジュアンです」

シャルロットは人形のように愛らしい美少女だった。兄のロイクも美青年で、流石《さすが》その妹だ。

「あ、あの……よろしければ、お座りください」

アンネリーゼとシャルロットは向かい合わせに座る。緊張しているのか、彼女は落ち着かない様子で何度も居住まいを正していた。

「シャルロット様、まずは謝罪させてください。私の愚妹《ぐまい》が本当に申し訳ございませんでした。謝って済む話ではない事は重々理解しております。本来なら然るべき罰を受けさせなくてはなりませんが、無力な私には謝罪する事しかできません……。生家に私が訴えたところで家長が愚妹《ぐまい》を庇《かば》い、それで済ませるだけです。もし可能ならば、公爵家の方から抗議していただけたら……」

何もできない自分が情けない。無責任ではあるが、公爵家から正式に抗議してもらえたらと考えた。今回の事で、アンネリーゼ自身も腹を括《くく》った。妹の事はやはり許してはいけない。

そこまでシャルロットは黙って聞いていたが、ゆっくり首を横に振った。

「それはできないんです。私の両親は体裁を何よりも重んじる方達なので、当初兄が両親に彼女の生家に抗議するように言ってくれましたが、突っぱねられました。婚約者を寝取られただけでも恥なのに、こんな些末な事で騒ぎ立てるなど恥の上塗りだと。特に母は自尊心が高いので……」

なるほど、確かに不思議ではあった。兄のロイクはあんなに腹を立てていたにもかかわらず、何故公爵家は何もしなかったのかと。アンネリーゼは、内心ため息を吐く。

彼女達の母は国王の実姉だ。元王族という自尊心が捨て切れないのか、娘よりも体裁が大事とは呆れる。ただ、考え方は自分の母とよく似ている。

「そうだったんですね……」

「はい……」

「「……」」

気まずくなり二人して黙り込んでしまった。

「あの、シャルロット様……」

「……」

「もう少し、私の話にお付き合いいただけませんか？」

それからアンネリーゼは、シャルロットと今回の件とはまるで関係のない話をした。好きな食べ物、好きな花、好きな楽曲……要は雑談だ。最初強張《こわば》っていた彼女の表情は次第にほぐれていき、時折笑顔を見せてくれるようになった。

「私、アンネリーゼ様にお会いできて本当によかったです。お兄様にずっと心配かけてしまっているると分かっていても、どうしても部屋から出る事ができなくなってしまって……。毎朝、起きる度に今日は頑張ろうって思って部屋から出ようとはするんです。でもその度に身体が震えて……。お父様もお母様も私を蔑《さげす》むような目で見てくる、学院の生徒達も友人だって皆この事を知っているから、きっと嘲笑したり哀れんだりしてるに違いないって……。だって、私に魅力が足りなくてこんな事になってしまったのだから……」

先程まで笑っていたシャルロットは俯《うつむ》き、膝の上でキツく両手を握り締めた。

「彼とは幼い頃からずっと一緒だったんです……。両親が決めた婚約者だったけど……私は彼が大好きだったたっ、周りからも仲が良いっていつも言われていて、彼も私の事を好いてくれているって信じて疑わなかったたっ……。でもそんなのは私のただの思い込みで……彼が浮気しているのが分かっても、きっと私の元に戻ってきてくれるから大丈夫って、見て見ぬふりをしていました……。彼は私の事が好きだし、政略結婚だから彼女とは遊びなんだってて……。でも彼が選んだのは、彼女でした。私、自惚《うぬぼ》れていたんです、馬鹿ですよね……。どうして……？　十年以上も一緒にいた私ではなくて、彼女なの……!?」

そこまで言い切ると、シャルロットは泣き出してしまった。アンネリーゼは立ち上がり彼女へハンカチを差し出すが、シャルロットはそれを受け取らず代わりに勢いよく抱きついてきた。突然の事に、その勢いを受け止め切れずに、二人してそのまま床に倒れ込んでしまう。

「シャルロット様っ……」

「うっ、あぁぁ!!」

幼子のように声を上げて泣く彼女をアンネリーゼはしっかりと抱き締め、頭を撫で続けた。

暫くしてシャルロットの泣き声を聞きつけたロイクとフランツが部屋の中へと入ってきた。

「……これは」

呆然とするロイクに、アンネリーゼは口元で「し～」と人差し指を立てて笑った。二人が入ってきた時には、既にシャルロットは泣き止み、寝息を立てていたからだ。


「今日は、ありがとう。妹が目を覚ましたら、また話をしてみるよ」

ロイクに見送られてアンネリーゼとフランツは馬車に乗り込んだ。

「シャルロットと何があったの？」

「これは乙女の矜持《きょうじ》に関わる事ですから、黙秘します」

「えー！　何それ、ケチだなぁ」

子供のように頬を膨らませて拗ねるフランツに、アンネリーゼは改めて向き直る。

「フランツ様、本当にありがとうございました。シャルロット様がこれからどうされるかは分かりませんが、お話しできてよかったです。今後の事は、ロイク様と考えていきたいと思います」

「君の役に立ててよかったよ」

そう言って爽やかに笑うフランツに、アンネリーゼは眉を上げる。文句の一つでも言われるかと思っていたので意外だった。

「じゃあ、ご褒美頂戴！」

「はい!?　ご褒美、ですか」

「うん！　僕、今回超～頑張ったし、いいでしょう？」

だが次の瞬間にはまたいつも通りヘラッと締まりのない顔に戻った。まるで犬のように褒めてと言わんばかりだ。期待に満ちた目で見ながら両手を差し出してくる。

（もしかして、協力してくれたのってご褒美のため!?　……あり得る）

だが理由はどうあれ、フランツのお陰に違いない。お礼はすべきだろう。

（アレキサンドロスにご褒美をあげるとしたら角砂糖だし、ルベライトにならチョコレートだし、そう考えるとフランツ様には……う〜ん）

「分かりました、少し時間をください」

（フランツ様の好物って何だったかしら……？）


ジュアン公爵家に行った数日後。アンネリーゼがいつも通り登院し廊下を歩いていると、ある人物から声をかけられた。

「おはよう」

「ロイク様」

振り返ると、そこには爽やかな笑みを浮かべたロイクが立っていた。そして、彼の後ろから現れたのは、何とシャルロットだった。

「シャルロット様！」

彼女の姿にアンネリーゼは思わず歓喜の声を上げた。だが次の瞬間唖然とする。

「おはようございます、お姉様！」

はにかみながら挨拶するシャルロットは本当に愛らしい。だが、そうじゃない！

(お姉様……って何⁉　確か彼女は同い年だったはず……)

「あ、あの、シャルロット様……？」

「はい、お姉様！」

シャルロットは隣にいたフランツを押しのけ、アンネリーゼの腕にしがみ付く。瞬間フランツが舌打ちをするが、彼女はまるで意に介さない。

あれ、確か彼女、おとなしくて控えめだったはずでは……？

「さあ、お姉様。遅刻してしまいます、参りましょう！」

「ピ？」

肩に止まっていたアレキサンドロスは不思議そうに彼女を眺めていた。アンネリーゼもこの状況に首を傾げる他ない。

(これは一体どういう状況ですか⁉)


「ねぇ、ねぇ、ご褒美はまだ～？」

昼休み中庭でお弁当を食べていると、フランツが突然そんな事を言い出した。

「一体何の話だ？」

隣でベーコンと卵を挟んだパンを齧《かじ》りながらリシャールが怪訝《けげん》そうな顔をする。

「兄さんには内緒だよ。僕とアンナマリーだけの秘密だもんね～？」

「あはは……」

リシャールには今はまだ、説明はできない。ここは笑って誤魔化すしかない……

「お姉様！　こちらにいらっしゃったんですね！」

すると絶妙なタイミングでシャルロットとロイク、ゲルトが現れた。嫌な予感しかしない。

「リシャール様、ご無沙汰しております」

「シャルロット、聞いてはいたが元気になったのか」

「はい、これも全てお姉様のお陰です」

「お姉様……？」

「それより、リシャール様。そちら、どいていただいてもよろしいですか？」

満面の笑みでリシャールに圧をかけるが、瞬間、彼はムッとした表情になった。

「何故、私がどかなくてはならない。座るなら別の場所にしろ」

「うら若き乙女の隣に座りたいなんて、リシャール様って実は破廉恥《はれんち》なんですね」

シャルロットはそう言って嬉しそうに駆け寄ると、隣に座っていたリシャールをどかせてアンネリーゼの横に座った。破廉恥《はれんち》という言葉が効果的だったようで、リシャールは顔を真っ赤にしながら退いていた。

シャルロットはアンネリーゼの隣に座れた事で上機嫌となりくっ付いてくる。満腹になったアレキサンドロスはアンネリーゼの頭の上で眠り、ルベライトはシャルロットに鼻の下を伸ばし擦り寄っていた。フランツはずっと隣で「ご褒美、ご褒美」と喚《わめ》いているし、座る場所を奪われたリシャールは不機嫌そうに、少し離れたベンチに座り、その隣にはロイクが座った。二人の前にゲルトが立つと談笑が始まり、木にもたれて座っていたシルヴァンは退屈そうに欠伸《あくび》をした。

随分と賑やかになったと思う。いつか夢見た穏やかで平穏な日常……。このまま何もなければいいと願わずにはいられない。でも、その一方で、このままではダメなんだと気づいてしまった。

ロイク達と話しているリシャールを見て、アンネリーゼは唇をキツく結んだ。

第七章　デートと決別

チャリティーの一件の後、学院では多少アンナマリーの悪評が再熱したものの、サラの噂の方が遥かに勝ってすぐに聞かなくなった。サラはというと、悪評や周囲の目に耐えられなかったようで、いつの間にか学院を辞めていた。

同じ頃、アンナマリーの様子がおかしくなった。フランツと二人でコソコソ何かを話しているところをよく見かけるようになり、気になったリシャールが尋ねても、何でもないと言われた。一体何なんだと内心イラついたが、それ以上は詮索しなかった。その理由は情けないもので、せっかく彼女との距離が縮まった気がするのに、嫌われたくない……ただそれだけだ。

ある日の休日、彼女はどこかへ出かけたようで、珍しくアレキサンドロスは置いていかれていた。

「どうした、アレキサンドロス。置いてきぼりか」

「ピ……」

見るからに落ち込んでいたので、角砂糖を与え慰めてやる。だが、いつものように元気にはならなかった。よほど彼女と離れるのが寂しいのだろう。

「仕方がない奴だな……」

「ピ……？」

アレキサンドロスを連れ、気晴らしにと中庭に出て外の空気を吸う。ベンチに座ると、隣にアレキサンドロスを降ろした。思わずため息を吐くと、心配そうな声で鳴きながら見上げてくる。

「気にするな、何でもない」

「ピーピー！」

最近はアンナマリーにべったりでリシャールには塩対応だったのに、珍しくアレキサンドロスが擦り寄ってくる。どうやら元気がない自分を必死に慰めようとしてくれているらしい。

「ははっ、どうした？　今日は優しいんだな」

「ピー！」

ドヤ顔で胸を張る姿に、力なく笑った。暫く何をするわけでもなく、アレキサンドロスと一緒にベンチに座り空を眺めた。

「彼女がいなくて寂しいのか？」

「ピ……」

「そうだな、私も寂しいよ……」

「ピ？」

アンナマリー……彼女と過ごすうちに、彼女は自分の中でどんどん大きな存在になっている。それは今も尚、現在進行形で膨らみ続けている。

彼女と出会うまでは、自分の事なのにまるで興味がなかった。正直、誰でもいいし誰がなっても変わらないと思っていた。だがここに来て、嫌だと思ってしまった。

『リシャール、そろそろお前の妃選びをする』

一ヶ月ほど前、久々に父に呼び出されたかと思えばこれだ。妃選びと言いながら、ほぼ決まっているようなものだ。何においても家柄が重視され、申し訳程度に人柄や容姿などが含まれる。リシャールの意見などそこには皆無だ。

その点、弟のフランツは気楽なもので、どんなに素行が悪かろうと許される。妃ですら自分で選ぶと豪語しても誰も何も言う事はない。

理由は単純だ。言わないのではなく、言えないのだ。何しろあの正妃の実子なのだから。今の正妃は元は他国の王女だった事から、強大な権力を持っている。それに比べ、リシャールの実母は何人もいる側妃のうちの一人だ。侯爵家出身ではあるが、ある理由から妃の中での立場は下から数えた方が早い。そのせいか、母はいつもリシャールに厳しく当たった。

「フランツ王子に負けてはなりません」

昔からの母の口癖だ。今ではあんなフランツだが、幼い頃の彼は勉強も武術も普通にこなしていた。何なら自分より、年下の弟の方が勝るものさえあった。だがその度に母から叱責され、リシャールは必死に努力してきた。

「っ……」

最近の彼女とフランツが頭を過《よぎ》る。弟は普段冗談めかして彼女に結婚しようと言っているが、あれは本気だ。自分には分かる。このままでは、彼女をフランツに取られてしまうかもしれない。だがどうする事もできないのが現実だ。それにシルヴァンもいる。もはや自分の出る幕ではない……

「アレキサンドロス、私は近いうちに城に戻らなくてはならない。シルヴァンがいる以上、お前の事が気がかりでならないが……どうする？　私と一緒に城へ帰るか？　それともここに残るか？」

「ピッ!!」

パタパタと羽ばたき、リシャールの膝の上に乗ると背筋を伸ばす。

「そうか……。なら、何かあった時は私を頼れ」

「ピ〜」

「あと一つ……彼女を頼むな」

「ピッ!!」

「ははっ、やはり私の友人は頼りになる」

アレキサンドロスとそう約束を交わしたのが十日程前だ。

この一、二ヶ月、彼女と接する時間があまりなかった。フランツと一緒にいる彼女を見るのが辛くなり、正直避けていた事もある。

そんな中、リシャールの知らない間に、彼女がシャルロットやロイクと和解していた事には驚愕した。あのシャルロットが学院にまた通うようになり、ロイクやゲルトも彼女に好意的に接している。一体何があったというのか。フランツは事情を知っているみたいだが「アンナマリーとの秘密だからダメ」と言われ、ロイクやゲルトに聞くもはぐらかされた。

彼女の周りには不思議とたくさんの人が集まってくる。おそらく彼女の人柄がそうさせるのだろう。学院の中庭に彼女やフランツ、アレキサンドロス、ロイク、ゲルト、シャルロット、シルヴァンにルベライトまでが集まり、昼食を食べながら、談笑している。確かに自分もその中にいるはずなのに、リシャールは何故か自分だけが取り残されている気がした。多分それは、この場の自分以外が本当の彼女を知っているからだ。

ここに自分の居場所はないのだと、リシャールはそう感じた。

◇◇◇

アンネリーゼは休日の朝早くから身支度を整えていた。鏡の前でおかしいところがないかを入念に確かめる。リタにも何度も変じゃないかと尋ねては「大丈夫ですよ、お嬢様」と笑われた。

三日前――

『実は街へ出かけたいと思っているんだが、君さえよければ一緒に来てくれないか』とリシャールから突然誘われた。リタやニーナに話すと『まあ、デートですか！』と二人して目を輝かせてはしゃいでいた。だが、経験のないアンネリーゼには何をするのか分からず辞書で調べてみた。

『異性が二人きりで会う事』

……なるほど……。全く参考にならなかった。

それにしても、デートはともかく街へ行くなんて初めてだ。楽しみだが緊張してしまう。

「リシャール様、お待たせ致しました」

待ち合わせ場所は何故か屋敷の裏門前だ。アンネリーゼが支度を整え向かうと、既に馬車は準備され彼が待っていた。

「さて、行こうか」

彼は跪《ひざまず》くとアンネリーゼの手を取った。そしてそのまま手を引かれ馬車へと乗り込む。いつもと違う彼の行動に目を見張った。横並びに座り、街までの時間を何気ない話をして過ごす。

「もうすぐ着くな」

窓の景色を確認したリシャールはそう言うと、暫し悩む素振りを見せる。それを不思議そうに見ていると彼と目が合った。

「言い忘れていたが、街にいる間、私の事はテオと呼んでくれ」

「テオ様、ですか？」

「リシャール・テオフィル・シュペルヴィエル、私のミドルネームだ。殆《ほとん》ど使う事はないがな」

「そうなんですね、分かりました……」

名前を聞いただけなのに、何故か恥ずかしくなり目を逸らしてしまう。

「君の事は何と呼べばいい？」

「え、私ですか？　私の事は別にそのまま……」

彼は王太子なのだから身分を隠すために名を伏せるのだろうが、しがない伯爵家の娘である自分には名を伏せる理由はない。いつも通りで構わないと返事をしようとするが、途中で口を閉じた。

「どうした？」

「……「アンネと、私の事はアンネとお呼びください」

アンネか……良い名だ。ちょうど着いたようだな。アンネ、行こう」

人気のない場所で馬車を降り少し歩くと急に人が多い通りに出た。

「すごい人……」

思わず立ち止まり喉を鳴らす。緊張と言うより、少し怖さを感じてしまう。

「テオ様!?」

不意に彼に手を握られ驚いた。

「はぐれないように手を繋ぐぞ。……い、嫌なら離すが」

「嫌なんて、そんな事は……ないです」

彼の大きな手に引かれ、彼の背中をぼんやりと眺めながら人混みを歩いていく。今日の彼はいつもの服装ではなく、平民の格好をしていた。普段まるで気にしないので忘れていたが、リシャールは背が高く身体付きも良いが、引き締まっているので細身に見える。それに加えて文句の付けようもないくらいの美青年だ。こうして改めて見ると、何を着ても似合うと思う。

通りをまっすぐに歩いて行き、角を曲がるとたくさんの露店が並んでいるのが見えた。アンネリーゼとリシャールは、適当に店を覗きながら歩く。

「すごい、色んな物が売っているんですね」

「まあ拘《こだわ》らなければ、ここに来れば一通りは揃うと思うぞ」

肉、魚、穀物に果物、酒……衣服や靴、装飾品に敷物や置物などの雑貨。中には何に使うのか不明な物もある。眺めているだけでも高揚感に包まれた。

「テオ様、早く来てください！　これ、見てください！　可愛い～」

「ウサギか……」

「可愛い～、飼いたい」

「ピッ!!」

その瞬間、肩に乗っていたアレキサンドロスは怒ったような声を上げると、珍しくリシャールのポケットに潜っていった。

「アレキサンドロス？」

「はは、やきもちか、アレキサンドロス」

テンションが上がり過ぎて気づかなかったが、いつの間にか手を引かれるのではなく、自分が手を引く側になっていた。はしたないと思ったが、気づかないふりをした。

(今日だけは、特別……いいよね)

「生き物まで売っているんですね」

「まあ、大体は食料だがな」

「え……じゃあ、先程のウサギも、もしかして……」

「食料だな」

「えっ⁉」

「ははっ」

戸惑うアンネリーゼに、リシャールは軽く笑った。その間も彼とはずっと手は繋いだままだった。

「行くぞ」

暫く歩いていると、今度は彼はとある店の前で足を止めると中へと入った。

「良い香り……」

店内は甘い香りが充満していた。棚の中にはたくさんの菓子が並び、カップケーキやクッキー、チョコレート、スコーンや果物の砂糖漬けまで置いてある。内装も可愛く飾られており、見ているだけで楽しい気分になってくる。

「こちらには、よくいらっしゃるんですか？」

店に入る時、彼は迷わず中へと入っていった。慣れた様子にそう思った。

「来れる時には、たまに来ている」

妙な言い回しだが納得した。お忍びで来るのも容易ではないはずだ。彼は何も言わないが、今も多分自分達の後ろには護衛がついてきているのだろう。

「これ、美味《おい》しそう」

「私のお勧めはその隣のチョコが乗っている方だがな」

「そうなんですね！　じゃあ、それにしようかな」

アンネリーゼはワンピースのポケットから小さな財布を取り出した。リタが用意してくれたものだ。中には小銭が入っている。普段自分で支払いなどしないので、こんな些細な事も新鮮に感じる。

「ピ～！」

その時だった。リシャールのポケットからアレキサンドロスが顔を覗かせた。どうやら機嫌は直ったみたいだ。

「ダメよ、アレキサンドロス。お店の中なんだから、静かにしないと」

「何だ、アレキサンドロス。お前も何か食べたいのか？」

「ピ！」

「しっ、アレキサンドロス。騒いだら買ってあげないからね？」

「ピ……」

「ははっ、アンネは相変わらず厳しいな」

アンネ……そう名前を呼ばれて恥ずかしさに俯《うつむ》いてしまった。これまでずっとアンナマリーと呼ばれていたので、変な気分になってしまう。心臓がドキドキする。

「ん？　どうした」

「い、いえ！　何でもありません！　あはは……」

さりげなく距離を取り、気持ちを落ち着かせる。適当に棚を眺めて、目についた袋を手に取った。

「こ、これ、買います！」

「飴が食べたいのか？」

思わず掴んだのは、小さく丸い色とりどりの飴が詰められた小袋だった。

「あー……その……これは、フランツ様に」

別に飴が食べたいわけじゃない。自分でも、何故そんな事を言ったのか分からない。だがその時フランツが「ご褒美」と喚《わめ》いている姿が頭を過《よぎ》り、咄嗟に彼の名前を出した。それにしても、すっかり忘れていた……

(ご褒美が飴だと子供みたいかしら……)

『ご褒美、ご褒美』

更に幼児みたいに喚《わめ》くフランツを思い出す。

(うん、まあ、いっか。同じようなものだわ、うん)

そう失礼な事を思った。

「フランツにか」

「はい、ご褒美……いえ、お土産です」

「……そうか」

「……？」

瞬間彼は、顔を顰《しか》め目を逸らした。

店を出た後、リシャールの様子がおかしかった。手こそ繋いではいるが、顔をアンネリーゼから見えないように背け、話しかけても黙り込んだままだった。

◇◇◇

今日は何だか変だ。自分が自分じゃないみたいだった——

リシャールは三日前、彼女を街に誘った。いわゆるデートというやつだ。彼女が受けてくれるか正直自信はなかったが、二つ返事で了承してくれた。ちなみにこの事はフランツ達には言わないようにと口止めをした。もし知られでもしたら、ろくなことにならないのは目に見えている。

デート当日は念のため、裏門で待ち合わせをした。リシャールはお忍び用の衣服に着替え、少し早めに部屋を出る。大した時間ではなかったはずだが、彼女を待つ間、かなり長く感じた。

そして現れた彼女は、平民の娘の格好をしていた。普段の清楚な格好もいいが、これはこれでいい。編み込まれた髪は右肩へ垂らされ普段より少しだけ幼く見える。

「リシャール様、お待たせ致しました」

彼女に上目遣いでそう言われて心臓が跳ねた。これは、可愛過ぎる……。

「さて、行こうか」

身体が勝手に動いた。気づけば彼女へ跪《ひざまず》き手を取っていた。そしてそのまま馬車に乗り込む。

いつもなら向かい合わせに座るが、リシャールはしれっとしながら彼女の横に座った。

今日は我慢も遠慮もしない、そう決めていた。無論彼女の嫌がる事をするつもりはない。あくまでも紳士的な範囲内でだ。ただ、彼女が許してくれるなら……この時間が終わるまでは、できる限り触れていたい。きっとこれが、最初で最後になる。今日という日をしっかりと脳裏に焼き付けておきたいんだ。彼女の笑顔や声、繋いだ手の温もりも、全て——

暫く馬車に揺られ、その間彼女とたわいのない会話を楽しんだ。

「もうすぐ着くな」

そう口にして、大切な事を言い忘れていた事を思い出す。名前だ。リシャールがお忍びで出かける際は念のため必ずミドルネームを使っている。

「言い忘れていたが、街にいる間、私の事はテオと呼んでくれ」

「テオ様、ですか？」

「リシャール・テオフィル・シュペルヴィエル、私のミドルネームだ。殆《ほとん》ど使う事はないがな」

「そうなんですね、分かりました……」

自分で呼ぶように言ったくせに、彼女から呼ばれると気恥ずかしくなった。顔が熱い……。それを誤魔化すように思わずフルネームを口走る。それより肝心な事を聞かなくてはならない。

「君の事は何と呼べばいい？」

「え、私ですか？　私の事は別にそのまま……」

できるだけ、さりげなく聞いてみた。彼女は一体どう反応するだろうか……

「……」

「どうした？」

「……アンネと、私の事はアンネとお呼びください」

少し悩み口籠もった後、彼女は「アンネ」と言った。リシャールには、なぜかそれが彼女の本当の名のように感じられ、心の内で何度も復唱し噛み締める。

「アンネか……良い名だ。ちょうど着いたようだな。アンネ、行こう」

リシャール達は馬車を降りると、大通りへと出た。

「すごい人……」

緊張しているのか、彼女が呆然と立ち尽くしている。少し躊躇《ためら》いながらもアンネの手を握った。

「テオ様⁉」

驚いた様子でこちらを見る彼女に、内心焦る。もしかして、これは嫌がっているのか⁉ 先程馬車の乗り降りの際は、手に触れても嫌がった様子がなかったので思い切って握ってみたのだが、調子に乗り過ぎたかもしれない。

「はぐれないように手を繋ぐぞ。……い、嫌なら離すが」

「嫌だなんて、そんな事は……ないです」

本心は分からないが、本人の許可を得る事ができたのでそのまま歩き出した。

それにしても人が多い。お忍びで来る時はいつも一人だったので、大して気にしていなかったが……チラリと横を歩く彼女を見ると、手を繋いでいるとはいえ歩きづらそうだ。リシャールはアンネを自分の後ろにやると、小柄な彼女の盾になるように自分が先に行く事にした。本心は並んで歩きたいところだが、仕方がない。

通りを抜けるといくらか人が減り、ホッと息を吐く。アンネが心配になり振り返ると、意外と平然としていて気が抜けた。

「すごい、色んな物が売っているんですね」

「まあ、拘《こだわ》らなければ、ここに来れば一通りは揃うと思うぞ」

初めて見る光景に、彼女は目を輝かせていた。二人は手を繋ぎ、今度は並んでゆっくりと歩きながら色んな露店を見て回る。どの店に立ち寄っても珍しそうに目を輝かせ、終始楽しげだった。普段は大人びている彼女が、ごく普通の少女に見えて自然と頬が緩む。

「テオ様、早く来てください！　これ、見てください！　可愛い～」

しゃがみ込み、熱心にウサギを見つめる彼女をリシャールは見つめた。「可愛いのは君の方だ」

そんな言葉を呑み込みながら。

「ウサギか……」

「可愛い～、飼いたい」

「ピッ!!」

その瞬間、彼女の肩に乗っていたアレキサンドロスは怒ったように声を上げて、珍しく自分のポケットに潜り込んでくる。

「アレキサンドロス？」

「はは、やきもちか、アレキサンドロス」

手を引いていたつもりが、いつの間にか彼女に手を引かれている事に気づいた。いつもの自分なら情けないと思うが、今はむしろ彼女にリードされるのも悪くない。

「生き物まで売っているんですね」

「まあ、大体は食料だがな」

「え……じゃあ、先程のウサギも、もしかして……」

「食料だな」

「!?」

「ははっ」

彼女の反応が可愛くて、つい意地悪したくなる。戸惑うアンネの手を握り直し笑った。

「行くぞ」

リシャールはある店に入る。今日は彼女をここに連れてきたかった。何度かお忍びできているお気に入りの店だ。

「良い香り……」

店内にはいつもと変わらず、甘い匂いが充満している。棚に並べられた菓子を、彼女は楽しそうに眺めていた。その姿に、連れてこれてよかったとリシャールも嬉しくなる。

「こちらには、よくいらっしゃるんですか？」

「来れる時には、たまに来ている」

街にはそう頻繁には来られない。いくらお忍びといっても、護衛は密かについてきている。街は人でごった返しており、正直かなり危険だ。故にリシャールはこれまでは、何かに行き詰まったり、精神的に追い詰められて限界を感じた時に気晴らしに来る程度だった。

「これ、美味《おい》しそう」

「私のお勧めはその隣のチョコが載っている方だがな」

「そうなんですね！　じゃあ、それにしようかな」

果物入りのカップケーキを見ていたアンネに、自分の好きなチョコの載った方を勧めた。すると彼女はそれにすると言ってくれ、そんな些細な事が嬉しくて堪《たま》らない。彼女はワンピースのポケットから財布を取り出した。思わず眉を上げる。普通ならデートをしているのだから男が払うに決まっている。それなのに、自分で支払うようだ。流石《さすが》アンネ、しっかりしている……と感心している場合ではない。いくら何でも彼女に支払わせるわけにはいかない！　これは男としての矜持《きょうじ》に関わると、リシャールは慌てて自分の懐《ふところ》から財布を取り出そうとした。

「ピ～！」

その時だった。リシャールのポケットからアレキサンドロスが顔を覗かせた。どうやら機嫌は直ったみたいだ。

「ダメよ、アレキサンドロス。お店の中なんだから、静かにしないと」

「何だ、アレキサンドロス。お前も何か食べたいのか？」

「ピ！」

「しっ、アレキサンドロス。騒いだら買ってあげないからね？」

「ピ……」

「ははっ、アンネは相変わらず厳しいな」

期待を込めた視線を送ってくるアレキサンドロスに、何か買ってやるかと思うが、彼女は甘やかす事なく先に釘を刺す。まるで母親みたいな彼女が何だかおかしくて、声を上げて笑ってしまった。

「ん？　どうした」

「い、いえ！　何でもありません！　あはは……」

急に挙動不審になったアンネは、リシャールから離れると棚の上の袋を掴んだ。

「こ、これ、買います！」

「飴が食べたいのか？」

先程までカップケーキを食べたそうにしていたのに、何故か飴に変わった。思わず目を丸くする。

「あー……その……これは、フランツ様に」

歯切れの悪い彼女が口にしたのは、弟の名前だった。

「……」

彼女は暫し黙り込み、眉根を寄せる。何をそんなに悩む必要があるのか、気になって仕方がない。

「フランツにか」

「はい、ご褒美……いえ、お土産です」

「……そうか」

「……？」

確認するように弟の名前を言うと、彼女は弟への「お土産」だと答えた。その瞬間スッと何かが冷めていく感覚を覚えた。

店を出た後も、彼女と手を繋いで歩いていたが彼女の顔を見る事ができない。怒りとも悲しみとも分からない、言いしれぬ感情にリシャールは胸の奥が痛いほど締め付けられた。

何故、彼女の事になるとこんなにも余裕がなくなるのだろう。感情が先に来て理性がなくなる。自分が、分からなくなってしまう。

店を出てから彼女と一言も話していない。何度か彼女が話しかけてきたが、無視をしてしまった。子供みたいな事をして情けないが、自分ではどうしようもない。

弟のために土産を買うと言った彼女の言葉に、嫉妬した。今日は自分とデートをしているのに、彼女は弟の事を想い、弟のために土産を選び買った。我ながら心が狭いと思う。だが今日だけは、彼女には自分だけを見ていてほしかったんだ……

そんなくだらない事を延々と考えながら、気づけばいつかの教会まで来ていた。ここは街を抜け少し離れた場所にあり、故に相当歩いた事になる。リシャールは我に返り、慌ててアンネを見た。

「よかった、ようやく私の事を見てくれましたね」

アンネは怒る事も不満げにするわけでもなく、安堵したように笑みを浮かべた。

「っ……」

一見すると何でもないように見える。だが、額や首、手のひらには汗が滲み足は少し震えていた。確認するまでもない。歩く事に慣れておらず、体力もない彼女に無理をさせてしまった。しかも歩く速度も彼女にはかなり速かったはずだ。

「すまないっ！　アンネ、大丈夫か!?」

自分はどこまで馬鹿なんだろうか。すぐさまリシャールはアンネを抱きかかえた。すると、彼女は小さな悲鳴を上げる。だが今はそれどころではない。

「あ、あの！　テオ様⁉」

「暴れるな、落ちるだろう！　おとなしくしていろ」

思わず声を荒げると、彼女は花が萎《しお》れたようにしゅんとする。可哀想だが、とにかく今は彼女をどこかで休ませるのが先だ。

「まあ、王太子殿下……⁉」

その時だった。後ろから声をかけてきたのは、あのチャリティーの時に会ったシスターだった。シスターはひどく驚いた様子で駆け寄ってくると、アンネを見る。

「どうなさいましたか、お加減が優れないのですか？」

「大分疲労している、すまないが彼女に水を飲ませて休ませてやってくれないか」

リシャールの言葉にシスターは快諾すると、教会に隣接している建物へと案内してくれた。

「申し訳ありません……」

水を飲んだアンネをベッドに寝かせた。すると彼女は沈んだ様子で謝罪してくる。

「いや悪いのは私だ。……少し、いや大分考え込んでしまっていた、すまなかった。シスターの許可は得ている故心配はいらない、君はゆっくり休め」

「い、いえ、そんな、大丈夫です！」

だが頑なに遠慮をして起き上がろうとしてくる。たまに強情なそんなところすら愛おしく思う自分は、もうかなり重症かもしれない。リシャールはアンネを制止して、少し強引に横にさせると頭を撫でた。はじめは不満げにしていた彼女だが、次第に瞼は重くなりゆっくりと閉じられた。

◇◇◇

アンネリーゼが目を覚ますと、そこにリシャールの姿はなかった。枕元で未だに寝息を立てているアレキサンドロスを回収してポケットに入れると、彼を探しに部屋を出る。だが暫く探し回るも彼の姿はどこにもなかった。仕方なく建物の外に出ると、空はいつの間にか緋色《ひいろ》に染まり始めている。何となく視界に入った教会に入ってみると、そこには探していた彼の姿があった。

「アンネ、起きたのか」

彼は何をするでもなく、最後列の椅子にただ座っていた。

「リシャール様……あ、いえ、テオ様」

彼の姿を見て安心して気が抜けたせいか、いつもの癖で名前を呼んでしまう。

「ここには私達だけだ。どちらでも構わない」

彼の隣に座ると、頭を撫でられて恥ずかしくなる。子供扱いされているようで複雑だ。

「少しは休めたか？」

「はい。でも私、随分と眠ってしまっていたようで……申し訳……」

謝罪を述べるが言い終える前に指で口を塞がれた。その事に目を丸くする。

「先程も言ったが君は悪くない、悪いのは私だ。だから謝る必要はない」

いつになく真剣な表情の彼に見つめられ、目を逸らせない。彼の指が唇から頬に移動し、数度撫でると離れていった。名残惜しく思ってしまう。

「アンネ、君に話したい事がある」

リシャールは、あからさまに顔を背けた。暫く黙り込み、静かに口を開く。

「……私は近いうちに、城に帰らなくてはならない」

その瞬間、大きく心臓が跳ねて、うるさいくらいに脈を打ち始めた。

「実は少し前に父から呼び出されてな。……妃選びをすると言われたんだ」

「妃、選び……」

動揺して思考が鈍り、馬鹿みたいに彼の言葉を繰り返した。

「そうは言っても私に選択権はないし、相手は何よりも家柄が重視される。既に決まっているようなものなんだがな」

淡々と話すリシャールからは、何の感情も読み取る事はできない。彼が今何を思っているのか、知りたくて仕方ないのに、全く分からずもどかしい。

(胸が、苦しい……。どうして?)

何を言えばいいのか分からない。妃選びをする=結婚ならば祝いの言葉を言うべきだろう。だが「おめでとうございます」、そんな簡単な言葉が出て来ない。

(言わなくちゃ、言わなくちゃ……おめでとうございます、おめでとうございます……)

頭の中で何度も復唱をする。

「そう、なんですね。ご結婚……おめでとうございます、リシャール様」

彼からは見えていないが、アンネリーゼは満面の笑みを浮かべた。その笑顔の反面、唇は震え心臓が抉《えぐ》られるような感覚を覚える。痛くて、苦しくて、うまく呼吸ができない。本当は笑いたくない。でも、彼にとっては幸せな事なのだから……

(笑いなさい……アンネリーゼ)

そう自分に言い聞かせた。

「まあ、結婚自体はもう暫く先だと思うがな。取り敢えずは婚約する事になるだろう。……アンネ、短い間だったが世話になったな」

「い、いえ、そんなっ、あはは……。あぁでも、アレキサンドロスは……」

未だポケットの中で寝息を立てているアレキサンドロスが視界に入る。元はといえば、彼はアレキサンドロスのために屋敷に住むようになったのだ。本来なら飼い主の彼と一緒に帰るべきだが……アレキサンドロスがどうするかは分からない。

「それは問題ない。アレキサンドロスは屋敷に置いていく、それを本人も望んでいるからな。ただシルヴァンの事もあるので、少し不安ではある。何かあったら私を……いや、フランツを頼るといい。きっと君の助けになってくれるだろう」

リシャールの言葉に唇をキツく結んだ。彼が屋敷を出て行ってしまったら、こうやって話す機会もなくなってしまう。本来なら、しがない伯爵家の娘が王太子の彼と親しく話したり、ましてや二人で出かけるなど許されるはずがないのだ。

「……そういえば、まだお礼をしていませんでした」

ふと脳裏にチャリティーの時、彼が一緒に手伝ってくれた事が蘇る。

「礼？」

「はい、チャリティーの時、お手伝いしていただいたお礼を……。遅くなってしまいましたが、何がいいですか？」

言い訳だが、シャルロットの件で慌ただしくしていた事もあり、後回しになってしまっていた。

「……何でも、いいのか？」

彼は暫く黙り込んだ後、呟くようにポツリと言った。

「はい、勿論です！　私にできる範囲になってしまいますが……」

リシャールはアンネリーゼに視線を戻すと、一度呼吸を整えてから口を開いた。

「……なら、この絨毯を私と一緒に歩いてほしい」

◇◇◇

リシャールの言葉に彼女は目を見張った。当然だ。どんなに鈍い人間だって理解できる。教会の絨毯を男女二人で歩く……その意味するところは一つしかない。

黙り込む彼女に不安になり苦しくなる。分かっている、彼女にはフランツがいる。こんな事を言えば優しい彼女を困らせる事くらい分かっていた。だが教会に入った瞬間、彼女と一緒にこの絨毯を歩く事ができたら……そう願ってしまった。

「よ、予行練習のようなものだ」

「予行練習……そう、ですよね！　あはは……」

苦しい言い訳だが、彼女は納得したようで頷いてくれた。

リシャールとアンネは向かい合い、暫く互いに見つめ合う。リシャールが彼女へとそっと手を差し出すと、躊躇《ためら》いながらも頬を染め手を重ねてくれた。

小さな教会だ。扉から祭壇までの距離などたかがしれている。リシャールは、少しでも時間を稼ごうとわざと歩みを遅める。左腕に触れている彼女の腕から伝わってくる温もりを噛み締めた。

自分から言い出した事だが、いざ彼女と腕を組み歩くと恥ずかしくなってきた。リシャールはまともにアンネの顔を見る事ができず、密かに横目で盗み見る。すると彼女もこちらを見ていたらしく、目が合ってしまった。瞬間、心臓が跳ねたが優しく微笑む彼女につられたリシャールも自然と笑みを浮かべた。

夕日がステンドグラスから射し込み、教会の中を緋色《ひいろ》に照らし出す。光に包まれた彼女はこの世の何よりも美しいと思った。

あっという間に、祭壇まで歩き終わってしまった。自分の腕から彼女の手が離れていく。その事に寂しさを感じ、リシャールは反射的に彼女の手を掴んだ。

「リシャール、様？」

「……」

一瞬躊躇《ためら》うが、懐《ふところ》から小さな箱を取り出すと、意を決して彼女の左の薬指に指輪を嵌《は》めた。すると彼女は、瞳がこぼれ落ちそうなほどに大きく目を見開いた。

「あ、あの、リシャール様っ、これは……」

「世話になった礼だ。大した物ではなくてすまないが、私が自分で君のために選んだ。受け取ってもらえないか……」

彼女の指はゆっくりと離れていき、右手で指輪に触れた。返されるかもしれない、そう頭を過《よぎ》ったが杞憂に終わった。まるで大切な物に触れるように、指輪を包み込んでいる。

「私などが、本当にいただいてもよろしいんですか」

「君に、受け取ってもらいたいんだ」

「ありがとうございます……大切にします」

リシャールはそれ以上何も言わず、彼女も何かを聞いてくる事はなかった。

「驚きました」

「これ以上、君を歩かせるわけにはいかないからな」

シスターに礼を言い、二人で馬車に乗り込んだ。

実はアンネが眠っている間に、リシャールは馬を借りて街まで戻り、馬車を引き連れ、また教会まで戻ってきていた。これ以上彼女に負担はかけられない。その際に先程の指輪を購入した。

何となく視界に入った宝石屋の看板。気づけば店内に入り、棚を眺めていた。無論、リシャール自身は宝石などに興味はない。

『何かお探しですか』

人好きのする笑みを浮かべて話しかけてきたのは店主だ。

『あ、いや……』

店主の質問に真っ先に頭に浮かんだのは、アンネだった。今日の礼と、これまで世話になった礼をしなくてはならない……そう言い訳を考え正当化する。

『贈りたい女性がいるんだが、どれが人気があるんだ？』

『恋人ですか？』

『……いや、私が一方的に想っているだけだ』

自分で言って、内心かなり落ち込む。その通りだが、口に出すと虚《むな》しくなる……。店主に彼女の年齢、趣向などを告げると楽しげに笑みを浮かべた。

『なるほど、なるほど……でしたらこちらなど如何《いかが》でしょうか』

そう言って店主が指差したのは、淡い色の宝石がついた指輪だった。

『この中央にある宝石はアメシストです。その中でも希少価値の高いピンクアメシストと呼ばれる代物でして、この石は真実の愛を守り抜く石と言われております』

リシャールは食い入るように宝石を見る。確かに通常のアメシストとは違い、透明感のある紫にピンク色を帯びており、非常に美しい。きっと彼女によく似合うだろう。値は張ったが即決した。

「アンネ？」

まだ疲れが残っていたのだろう、彼女は馬車に乗り、程なくしてウトウトとし始め、眠りに落ちた。リシャールは自身の外套《がいとう》を脱ぎ彼女にかけると、身体を自分へと寄りかからせる。

「アンネ……私は、君がこんなにも愛おしい」

眠る彼女の柔らかな唇にリシャールは自身のそれを寄せた。

◇◇◇

「お嬢様、起きてください。遅刻なさいますよ」

アンネリーゼは、リタの声に起こされ目を開けた。

「……ん」

（あれ、私いつ寝たんだろう……）

まだ頭が寝惚《ねぼ》けていて、よく思い出せない。

「おはよう、リタ」

リタに強制的に湯浴みをさせられ、支度を整えてもらう。お湯に浸かり、頭がスッキリとすると次第に昨日の事を思い出してきた。自分の左の薬指を見る。夢のような時間だったが、夢じゃなかった。だが、まさか帰りの馬車で寝てしまうなんて、恥ずかしいし呆れられたかもしれない。まずは昨日のお礼を言って、その後にお詫びと……部屋を出て食堂まで行く途中に色々と思案する。

あーでも、食堂にはフランツやシルヴァンもいるから、後にした方がいいかもしれないと悩む。

それにアレキサンドロスが部屋にいなかった事が気になった。

(どこに行っちゃったのかしら……)

「おはようございます」

アンネリーゼが食堂に入ると、いつもの定位置に座る。フランツ、シルヴァン、ルベライト、そして、アレキサンドロスもいた。ただ彼の姿だけがない。それに心なしか皆静かな気がする、珍しいこともあるものだ。

アンネリーゼは自分の隣の席を見る。リシャールの定位置だ。その前のテーブルには何も用意されていなかった。

「?」

もしかして、寝坊でもしたのだろうか……

「フランツ様、リシャール様はまだ起きていらっしゃらないんですか?」

瞬間、食堂が水を打ったように静まり返った。

(私、何か変な事言っちゃったかしら……)

フランツにシルヴァン、ルベライトやアレキサンドロスまでも一斉にアンネリーゼを無言で見た。

「兄さんなら、城に帰ったよ」

その日の昼休み、アンネリーゼはいつも通り学院の中庭でお弁当を食べていた。ベンチに座り、隣ではシャルロットが楽しそうに話をしている。ルベライトはシャルロットの膝の上でデレデレしていて、少し離れたベンチにはロイクとゲルトが座り、やはりお弁当を食べていた。シルヴァンは退屈そうに木に寄りかかり、その側ではフランツがアレキサンドロスと恒例の喧嘩をしていた。

『昨日の夜、君を抱きかかえて帰ってきた時はびっくりしちゃったよ。兄さんは君をベッドに寝かせたら、そのまま城に帰るって言って屋敷を出て行ったんだ。何もさ、夜出ていく事ないのにねー』

ふと、今朝のフランツの話を思い出す。

「……」

アンネリーゼは左の薬指に嵌められた指輪に触れた。いつもと変わらないはずなのに、彼がいないだけでこんなにも寂しい。

「ピ〜」

フランツとの小競り合いに飽きたのか、アレキサンドロスがアンネリーゼの元に戻ってきた。膝の上で甘えてくるアレキサンドロスの頭を撫でると、目を細めて喜ぶ。

「ピ?」

あんなに大切にしていたアレキサンドロスを残して彼は帰って行った。きっと辛かったはずだ。

アレキサンドロスは眉根を寄せるアンネリーゼを心配そうに見る。

「私は大丈夫よ、アレキサンドロス」

その夜、アンネリーゼはフランツにご褒美の飴を渡して、早々に自室に下がった。一人椅子に座りテーブルの上の包みを眺める。実はあの時、リシャールが勧めてくれたカップケーキを内緒で二つ購入していた。彼に喜んでもらいたくて、飴の紙袋と一緒に入れてもらい、内緒にして後で二人で食べるつもりだった。

だが今朝には既に彼はいなくなっており、結局一緒に食べる事は叶わなかった。まさかこんなに急に出て行ってしまうとは思わなかった……

「ピ……」

「二人で食べましょうか、アレキサンドロス」

リシャールは学院にも来なくなり、顔すら合わせる事はなかった。

その一ヶ月後――リシャールに婚約者ができたと噂で聞いた。そして時を同じくして、アンネリーゼとフランツの婚約が決まった。

第八章　作戦会議と決断

その日、アンネリーゼは一人、放課後に図書室へと本を返しに来ていた。今日は返却だけのつもりだったので、すぐにその場を後にする。フランツやシルヴァンを馬車に待たせているのでいつもよりも足早になるが、少し廊下を歩いたところでその足はピタリと止まった。

（あの方は……）

男子生徒と仲睦まじい様子で歩いている女子生徒を見かけた。二人が向かう先は確か立ち入り禁止になっているはずの屋上だ。

やめた方がいいと思ったが、気になってしまいアンネリーゼは二人の後を追った。

立ち入り禁止の立て札を横目に、屋上への階段を上がっていく。すると、扉が開いた音の後に閉まる音が聞こえた。アンネリーゼは、音を立てないよう注意しながら扉に近付き、内側から外の様子を確認すると二人の会話が聞こえてきた。どうやら二人は扉の近くで話をしているらしい。

「なんかとっても微妙ですわぁ。外見は当たりなのに、中身はハズレ、たとえるなら偽物の宝石でも掴まされた、そんな残念な気分ですわね」

少し甲高い声の女子生徒の名はルシール・ブロンダン侯爵令嬢、リシャールの婚約者だ。彼女の事は少し前に学院で目にした事がある。その時フランツが「あれが兄さんの婚約者だよ」と教えてくれたのだ。知りたかったような知りたくなかったような複雑な気持ちになってしまった。リシャールと婚約したはずの彼女は、やけに親しそうに男子生徒と会話をしている。

「あはは、何だよそれ」

「だって、リシャール様って無愛想で何考えてるかさっぱり分かりませんし、確かに外見は素敵ですけど、ただそれだけという感じですし。本当、真面目過ぎてお堅い面白みの欠片《かけら》もない方。いつも不機嫌そうですし、話しかけても殆《ほとん》ど話しませんし、全然優しくもありませんもの。まあ肩書きは最高ですけど。でもそれならわたくし、フランツ様の方がよかったですわぁ。お父様達は王太子妃に拘《こだわ》ってますけど、わたくし、別に王子妃でも全然構いませんもの。フランツ様はリシャール様に比べて、愛想も良くて面白いですし、人懐っこいあの笑顔が可愛いくて堪《たま》りませんわ！　あー今からでも、どうにかなりませんかしら」

いくら本人がいないからって、言って良い事と悪い事がある。この場合、後者である事は間違いない。アンネリーゼは静かに拳を握り締め、唇を噛む。

「それに、リシャール様のお母様ってあのセレスティーヌ妃ですのよ。侯爵家出身といっても愛妾《しょう》に生ませた子供という噂もありましたし。ロワリエ侯爵家には他に女児がいないからと、ロワリエ侯爵がかなり強引に側妃に推薦したのでしょう？　血筋でいってもやっぱりフランツ様とは格が違いますわよね」

「随分昔は、フランツ様が王太子になるんじゃないかって噂もあったくらいだしな」

「どんなに容姿が良くて優秀でも、血筋がねぇ」

脳裏にふと、毎晩遅くまで懸命に仕事をこなしていた彼の姿が思い浮かんだ。

クスクスとリシャールの事を嘲笑する声に、アンネリーゼの我慢は限界になる。

「撤回してください!!」

「!?」

気づけば扉を勢いよく開け放ち、アンネリーゼは叫んでいた。

「な、何ですの!?」

「誰だ!?」

突然の事に流石《さすが》に驚いた様子の二人は固まっている。ルシールの方がすぐに我に返り口を開いた。

「あら貴女《あなた》……どなたかと思えばフランツ様の婚約者になられたアンナマリー様じゃありませんの。

もしかして、盗み聞きされてましたの？」

「それは……」

アンネリーゼの頭からつま先まで、まるで品定めでもするように眺めるとルシールは鼻で笑った。

「嫌ですわぁ、悪趣味な事」

ルシールの嫌味な言動にアンネリーゼは顔を顰《しか》める。

彼女は名門侯爵家の令嬢らしいが、その様子から気品さは微塵も感じられない。

「あらあら、そんなに怒らないで、怖いですわぁ。わたくしがフランツ様を褒めていたので嫉妬してしまったかしら？　それとも、ご自分がリシャール様に選ばれなかったから怒っていらっしゃるの？」

「そうではありません」

「まあそうよね。だって初めから分かりきっていた事ですもの。貴女《あなた》みたいな田舎貴族の娘が王太子妃になんてなれるはずがありませんもの」

そんな事、他人から言われるまでもなく自分自身が一番よく分かっている。彼の隣にいる事が分不相応なんてそんな事、分かっていたのに……どうして私は、今こんなに傷付いているのだろう。

「……ルシール様は、リシャール様と婚約なさったのではないですか」

「ええ、そうよ」

「でしたら、何故そんなに酷い事が言えるんですか!?」

たとえ政略的なものであっても夫婦になるのだから、こんな風に陰で不満を言う前に歩み寄り互いに尊重し合うべきだと思う。

アンネリーゼの問いかけに、二人は顔を見合わせると馬鹿馬鹿しいと言わんばかりに肩を竦《すく》めた。

「リシャール様はお二人が思っていらっしゃるような方ではありません！　確かにいつも不機嫌そうでぶっきらぼうだし、初めは感じ悪く近寄り難い雰囲気に見えますが……意外に子供みたいなところもあって親しみやすいって思えたり、強引で我儘《わがまま》言う事もあるのでたまに困っちゃう事もありますけど、笑うとフランツ様に負けないくらい可愛いんです！　優しいんです！　友人思いで、仕事にも一生懸命で、努力家で、だから、だから……先程の言葉を撤回してください！」

そこまで言い切ると、アンネリーゼは我に返る。やってしまった……

「あ、あの」

「あらあら、アンナマリー様は本当にリシャール様の事がお好きですのね。噂にもなっておりましたものね。でもそんな事仰ってますけど、リシャール様がダメになったからって、今度はフランツ様に取り入って、ちゃっかり婚約者の座に収まっていますわよね。男たらしのアンナマリー様？」

ルシールは不敵な笑みを浮かべながら近付いてくる。思わず後ろに一歩下がった。

「でもやっぱりリシャール様の事が忘れられないのかしら？　いやらしいわ」

「違います、私は……」

私は、何だろう……何が違うのだろう。自分でも分からない。アンネリーゼは言葉が見つからず黙り込んだ。

「田舎貴族風情が生意気ですわ。貴女《あなた》なんか、本来ならフランツ様の婚約者になどなれる立場じゃありませんのよ！　……ねえ、売女《ばいた》さん」

ルシールに肩を小突かれる。予期せぬ事態にアンネリーゼはよろめくが、誰かが支えてくれた。

「アン、大丈夫？」

「シルヴァン様……」

振り返るとそこにはシルヴァンがいて、アンネリーゼを抱きとめてくれていた。驚いて彼を見ると優しく微笑んでくれた。その笑顔にどこかホッとした次の瞬間、聞き慣れた軽快な声が響いた。

「ルシール嬢、それくらいにしてあげてよ」

声の主は、少し遅れて姿を現したフランツだった。

（何故二人がここに……）

「ルシール嬢はいつ見ても綺麗だねー。見惚れちゃうよ」

フランツは自然な動きでルシールの前に跪《ひざまず》くと手の甲に口付けをする。そして、そのまま彼女の手を取り離さないフランツに、アンネリーゼは目を見張る。

だがルシールは満更でもない様子で、急にしおらしくなり頬を染めた。

「フランツ様ったら、嫌ですわぁ。いつもそんな冗談ばかり仰って」

「嘘じゃない。兄さんが羨ましいよ。僕がルシール嬢と婚約したかったな」

「もう、フランツ様ったら。婚約者のアンナマリー様がいらっしゃるのに可哀想ですわぁ、ふふ」

チラリとこちらを見ながら笑う彼女はご満悦だ。流石《さすが》フランツだと内心呆れた。

「でさ～なかなか来ないから心配して迎えに行ったらさ、何とアンネリーゼ、ルシール嬢に噛み付いててさ、びっくりだよ～。リシャール様を～リシャール様は～リシャール様が～って兄さんの事大絶賛しててね、大変だったんだよ～」

あれから数日後の休日。今日は屋敷にロイクやシャルロット、ゲルトが来ていた。応接間には他にフランツ、シルヴァン、ルベライトにアレキサンドロスもいる。数日前のルシールとの話を先程からフランツが面白おかしく語ってくれている。

(この方、本当にデリカシーの欠片《かけら》もない！)

「あっそう、君のつまらない話は分かったから、少し黙ってくれる。アン、二人で話を進めよう」

「え、酷っ!!」

そんな中、シルヴァンがフランツをバッサリ切り捨ててくれた。彼の言葉に場の空気が一瞬にして張り詰める。今日集まったのは大事な目的があるからだ。それは……

「でもさ、作戦会議なんて、ワクワクするね！」

相変わらず立ち直りが早いフランツが、空気を読む事なく子供のようにはしゃぐ。

作戦会議なんて大袈裟だとも思うかもしれないが、アンネリーゼにとってはこれからの人生を左右する重大な事だ。

「本当にうまくいくかな」

「確かに不安要素ばかりだな。本当に君の妹は動くのか？」

小一時間程話し合いが行われたところで一段落つくが、納得していないのかゲルトやロイクは訝《いぶか》しげな表情をしている。

「勿論です」

「勿論」

アンネリーゼとフランツの声が重なり、ロイク達は目を丸くした。

「随分な自信だね」

「あの子はそういう子なんです。昔からよく言えば素直、悪く言えばただの強欲、とにかく何でも自分の思い通りにならないと気が済みませんし、思い通りになると信じています」

今朝、アンネリーゼは実家の母に手紙を出した。内容はフランツと婚約をしたというもの。無論その前には正式な公文書である国印入りの書簡は既に届けられているはずだ。きっと今頃ラヴァル家は大騒ぎしているに違いない。それに追い討ちをかけるように、手紙にはいかにアンナマリーとして今幸せの絶頂にいるかを書いておいた。こんな内容を見れば、あの妹は自分が王子妃になると言い出し、母は妹のために何としても二人を元に戻そうとしてくるに違いない。

「そうそう。まあ僕の婚約者ってなると嫌がる可能性はあるけど、それでもアンナマリーは絶対に奪おうとするよ。何しろ姉である君に負けたくないからね」

実はフランツとアンネリーゼの婚約は形だけで、作戦のためだ。アンネリーゼが今後どうするかと悩んでいた時、フランツからこの提案をされた。王子である彼との婚約のお披露目となれば、大勢の人々が押し寄せる。無論国王も参加するだろう。そこで全てを露見させる。流石《さすが》のあの家族も言い逃れはできないだろう。

「ただ、実際には向こうがどう動くか正確には分からないから、お披露目当日はロイクやゲルト達も協力してよね！」

フランツが言うと深刻な話も軽くなり、よくも悪くも気が抜ける。

「あの、一つ気になっていたのですが……」

話の途中から眉根を寄せ、ずっと黙り込んでいたシャルロットが口を開いた。

「どうしたの、シャルロット」

「この作戦がうまくいったとして、その後お姉様はどうなってしまうのですか」

部屋は一気に静まり返った。視線がアンネリーゼに集中する。

「正直、私にも分かりません。ただ今回の事が露見すれば、ラヴァル家の信用は地に落ちる事は確実です。爵位の剥奪《はくだつ》、家の取り潰し……妹と私はもしかしたら、修道院へ送られる事になるかもしれません。妹と入れ替わった状態でのフランツ様との婚約は、王家を欺《あざむ》いたとしてまた違う罪に問われる可能性も考えられます。もしかすると、投獄や国外追放なども……」

自分の事なのに、まるで他人事のように淡々と話す自分に正直驚いていた。諦めているからか、もしくは覚悟を決めたからかは自分ですら分からない。

アンネリーゼの言葉に、皆一様にフランツを責めるような目で見ている。今回の婚約話を提案したのが彼だと知っているからだ。フランツの提案のせいでむしろ罪が重くなると思っているのだろう。事実ではあるが、それを選択したのはあくまでもアンネリーゼ自身だ。責任の全ては自分にあるし、後悔はしていない。

「っ⁉　そ、そんなのダメです‼　お姉様は何も悪くないのに、そんなのあんまりです！　お姉様は被害者なんですよ⁉　酷過ぎますっ‼」

シャルロットは興奮気味に立ち上がると叫んだ。彼女の声は部屋に響く。ロイクはシャルロットを抱き寄せ落ち着かせるために背中を摩った。

「シャルロット様、ありがとうございます。でも、これでいいのです。私は被害者であり、加害者でもあります。あの日、母や妹の提案を断れず入れ替わったのは、他の誰でもない私です。だから……そのケリは自分でつけます」

はしたない言葉だが、今の自分にはしっくりくる。以前、リタが言ってくれた。

『無理な時は無理と言葉にされていいんですよ。一人では難しければ、時には誰かに頼ってもいいんです。我慢ばかりする必要は、もうございません。ここには貴女《あなた》を縛り付ける人はいないのですから』

（もう今は以前の私じゃない。母の傀儡《かいらい》で、母の顔色ばかりを窺って怯えていた弱い私じゃない。殆《ほとん》どの時間を屋敷の中で過ごし、勉強や仕事ばかりで友人の一人もいなかった孤独な私じゃない。私のために心配して集まり、身を案じて怒ったり悩んだり悲しんだり……何よりこんな私を信じてくれる友人達ができた。だから、私は大丈夫。ただ、彼はもうここにはいないけど……）

アンネリーゼは胸元を握り締める。この服の下には、ネックレスにして吊り下げ指輪がある。リシャールからもらったものだ。形式だけとはいえ、流石《さすが》にフランツと婚約したのに他の男性から贈られた指輪はつけられない。だから、こっそり見えないように服の下に身につけていた。

「ピ〜」

アレキサンドロスが肩に止まり、懐《ふところ》に入りたそうに見ている。

「ダメ、入れてあげないからね？」

「ピッ⁉　ピ……」

（大切な指輪に悪戯《いたずら》されたら困るもの）

◇◇◇

作戦会議なるものは取り敢えず終わり、アンネリーゼやシャルロット達は退室して、応接間にはゲルト、ロイク、フランツの三人のみが残った。

「シャルロット、随分と興奮していたが大丈夫か？」

「以前はあんなにおとなしかったのに、彼女と出会ってから感情の起伏が激しくなったんだよね。なんて言えばいいか分からないけど、覚醒した？　みたいな」

覚醒って何だよ⁉　と内心ロイクに突っ込みを入れる。そういう彼も人の事を言えないと思う。あの日、自分の屋敷で彼女と対面してから随分と変わった。昔から妹しか眼中にない、いわゆる超絶シスコンで、夜会などでロイクが妹以外とダンスを踊っているのを見た事がないくらい結構重症な奴だった。それを除けば良い奴なだけに、昔から残念に思っていた。だから、こんな風に彼女のために集まるなんて正直意外だった。シャルロットのためだとも考えられるが、多分それだけではない。長い付き合いの自分には分かる。

「それにしても随分と大胆な作戦を立てたな。まさか本当に婚約するとは……。シャルロットも言っていたが、うまくいってもアンネリーゼ嬢の身が心配だ」

本人が了承したとはいえ、あまりいい方法とは思えない。荒療治過ぎる。ゲルトは、この深刻な空気の中、袋から飴を取り出しご機嫌で飴を舐めるフランツを見た。こいつ、人が真剣に話しているのに……いつもの事だがイラッとする。フランツも彼女の事を随分と気に入っている様子だが、その割には酷な事をさせる。

「ゲルト達はさ、アンネリーゼの家族を知らないからそんな風に思うんだよ。これくらいしなければ、アンネリーゼはあの家の呪縛から逃れられない。元に戻れば、彼女はまたあの母親や家族に囚われ、雁字搦《がんじがら》めにされて終わりだよ。……彼女は強く聡明だが、幼い頃から植え付けられたものはそう簡単には消せない」

いつもヘラヘラしているフランツは、珍しく無表情だった。一体何を考えているのかが読めない。

「へぇ、まるで自分だけが彼女の理解者と言わんばかりだな。偽りの婚約者とはいえ、本当はアンネリーゼの事が好きだったりしてな」

揶揄《からか》うように言うが、冗談半分、本気半分と言ったところだ。フランツの反応に興味がある。

「好きだよ。幸せにしてあげたいと思うくらいにはね」

「!?」

(驚いたな。まさかこいつがこんな事を言うなんて……)

フランツはまた小袋から飴を取り出すと、今度は指でそれを弄《もてあそ》びながら切なそうに笑みを浮かべる。そんなフランツに、ゲルトは更に目を見張った。

「だが、彼女の処遇がどうなろうと婚約は解消するんだろう？」

「まあ、そうだね……」

そんな顔をするくらいなら、手放さなければいいものを……

（分からないな、本当に……）

ゲルトが眉根を寄せたその時、ずっと黙り込んでいたロイクが口を開いた。

「あのさ……」

「どうした？」

「それなら、彼女は僕がもらおうかな」

一瞬、何を言われたのか分からなかった。もらおうかな？　は？　誰が？　誰を？　頭の中が混乱する。フランツを見ると、自分と同様に間の抜けた顔をしていた。

「いやいや、何言ってんだよ⁉　何で急にそんな話になるんだ⁉」

「だって、フランツは結果はどうあれ彼女を手放すんだよね？　なら問題ないよ」

いやいや、少し前のフランツのあの切なそうな発言を全く聞いてなかったのか⁉　そう突っ込みを入れたくなる発言を、ロイクは平然とする。

「それに、お前の両親が許すはずないだろう⁉」

「僕には婚約者はいないし。それに父さん達はいずれ引退する。そうしたら、遅かれ早かれ次の公爵は僕だ。確かに今すぐは難しい。だから、それまで彼女は僕の元に置いておく。僕が家督を継いだらそれと同時に、彼女を娶《めと》ればいい。そうなればシャルロットも喜ぶし、全く問題ないね」

むしろ、問題しかないだろう……得意げに笑うすロイクに呆れてしまう。

「お前、一体いつからそんな事考えてたんだよ……」

「シャルロットが彼女の事をお姉様って呼ぶ姿を見て、それもアリだなって思ったんだよね」

なるほど……あれはシャルロットの作戦だったのかもしれない。シスコン兄を知り尽くした妹は、兄をうまく誘導したというわけか……。それが事実なら怖過ぎる。

「だがな、ロイク。よく考えろ。問題はそれだけじゃないだろう。お前が話しているのは何のお咎《とが》めもなかった場合だ。もし、投獄でもされた時はどうするつもりだ？」

ゲルトは彼女は被害者であり無罪放免となる事を願っているが、そう簡単にはいかないだろう。

「その時は、僕が保釈金を用立てるよ。彼女のためならいくらでも金を積む。彼女は妹の恩人だ。それくらいなんて事ないね」

「……なら、修道院行きになったらどうする？」

「護衛や馭者《ぎょしゃ》を買収して、彼女を攫う」

「な、なら、もし国外追放されたら？」

「シャルロットも連れて、三人で他国に移住するのも悪くないかもしれないね」

「ロイク、お前正気か⁉」

冗談みたいに話しているが、多分本気だろう。確かに妹の恩人以上の感情を抱いているとは思っていたが、まさかここまで入れ込んでいるとは……

「盛り上がっているところ悪いけど、ロイク、君の出る幕はないと思うよ」

「それは、どういう意味？」

先程まで上機嫌に饒舌に彼女について話していたロイクの顔は一瞬にして不機嫌になった。だがフランツは、意に介する事なく言葉を続ける。

「勿論、君だけじゃない、僕も同じだけどね。僕はさ、彼女を守る騎士《ナイト》にはなれても彼女を幸せにする王子様にはなれないんだよ……。君も、他の誰もね。だってさ、お姫様の王子様になれるのはこの世界でたった一人だけだからね」

フランツの言っている王子が誰なのか、ゲルトは瞬時に理解する。横目でロイクを確認すると、彼もまた理解したようで不満げながらも黙り込んだ。

◇◇◇

応接間を出た後、シルヴァンは一人何も言わずに行ってしまい、ルベライトは置いてきぼりだ。いや、シャルロットがいるから自ら残ったのかもしれない。彼女の肩に止まり、締まりのない顔で擦り寄る姿を見て呆れる他ない。

アンネリーゼはシャルロットと中庭へと出ると、隣同士でベンチに座った。

「ピヨピヨ〜」

「……」

相変わらず鳴き方がおかしい。間違いを指摘した方がいいかと悩んだが、飼い主のシルヴァンも放置しているのでやめた。

シャルロットの膝の上で寝転んで全身を使って甘えている。

「ふふ。いつ聞いても面白い鳴き方ですね。興味深いです」

「あはは……そうですね」

乾いた笑いしか出ない。

「こんなに珍しいなら、国立博物館にでも寄贈したら喜ばれるかも」

その瞬間、ピタリとルベライトの動きが止まった。

「剥製《はくせい》にして展示したらきっと大人気になりますね」

満面の笑みで話すシャルロットに、アンネリーゼは苦笑する。せめてサーカスとかにしてあげてほしい。流石《さすが》に剥製《はくせい》は可哀想だ……。それに剥製《はくせい》にしたら、鳴き声なんて意味がないとも思う。

「ピ、ピ、ビィヨー!!」

ガクブル状態でルベライトは慌ててアンネリーゼにしがみ付いてきた。膝の上で座っていたアレキサンドロスを足蹴りして押しのける。

「ピ!!」

気持ちよさそうにうたた寝していたアレキサンドロスは怒るが、ルベライトはパニックになりそれどころではないみたいだ。アンネリーゼの膝の上の陣地争いが始まるが、二羽とも摘《つま》み上げると自分の左右の肩にそれぞれ乗せた。

「喧嘩したらダメよ。おやつ、抜きにするからね？」

「ピ……」

「ピヨ……」

「お姉様」

落ち着いたと思ったシャルロットは、今度は沈んだ様子で俯《うつむ》いていた。

「私、やはり納得できません」

「シャルロット様……」

「こんなの理不尽過ぎます！　お姉様はこんなに優しくて素敵な方なのに、悪いのはお姉様じゃないのに……」

ポロポロと涙を流すシャルロットに、申し訳なく思う反面、嬉しくなった。不謹慎かもしれないが、笑みが溢《こぼ》れる。優しいのは彼女の方だ。

「そうです！」

「!?」

暫く涙を流していた彼女は、急に顔を上げて叫んだ。思わず身体をビクつかせる。

「お姉様とお兄様が結婚されたら、いいんです！」

「え？」

何故そこでロイクが出てくるのだろうか、謎過ぎる。

「お兄様なら、もしお姉様が投獄されても保釈金を出してくださるはずですし、修道院に送られても護衛や侍従を買収して助けてくれます！　もしも、国外追放になってしまいましたら……お兄様と三人で国外に移住しましょう！」

勢いよく手を握られ、上目遣いで見られる。流石《さすが》、美少女可愛い……同性でも見惚れてしまう。だがそれよりもシャルロットの気迫がすさまじく、思わず仰け反る。

彼女の気持ちは嬉しいが、アンネリーゼとロイクは友人であり、彼もそう思っている。彼にも選ぶ権利はあるし、たとえロイクが了承したとしても迷惑はかけられない。この兄妹の両親もかなり問題があるようだし、自分を助けるために余計な揉め事に巻き込みたくもない。

「私、お姉様に恩をお返ししたいんです」

「シャルロット様のお気持ちは嬉しく思います。でも今回の作戦に協力してくださるだけで、十分過ぎますので」

本来は今回の件にも巻き込むべきではない。だが、どうしても彼らの協力が必要だ。

「ですが……」

「大丈夫です。もしかしたら、寛大な陛下がお咎《とが》めなしにしてくれる可能性もありますし。そうだ、その時は先程話していた博物館にでも一緒に行きませんか」

「そう、ですよね……はい」

少し悩んだ素振りを見せた後、シャルロットは頷いた。

「陛下も話せばきっとお姉様は悪くないって、分かってくださいますよね!?　博物館にお姉様と行けるなんて、私、幸せです！」

納得したのか「博物館に行ったあとはお茶して～」などと楽しげに話し出す。その姿に少し罪悪感を覚えた。嘘は言っていない。あくまでも可能性の話だ。十中八九そんな未来は訪れないと分かっているのだから。

その夜、なかなか寝付けずアンネリーゼは部屋を出た。

頼りないランプの灯りが薄暗い廊下を照らす。中庭へと出ると少し冷たい夜風が頬を掠め、ベンチに座り空を見上げると月が煌々《こうこう》と輝いていた。

「綺麗だね」

暫くぼうっとしていると、不意に声が聞こえた。振り返るとそこには彼がいた。

「シルヴァン様」

「隣、いいかい？」

頷くと彼は肩が触れそうなほどの距離に座った。

「……ねえ、アン。本当にいいの？」

何がとは口にしないが、彼が言わんとしている事はすぐに分かった。

「もしこのまま何もしなければ、私はアンナマリーとして生きる事になります。確かに一度は受け入れました。でもやっぱりそんなのは嫌なんです。だって私は他の誰でもない、アンネリーゼなんです。私は私がいい……。それに今後、あの子が元に戻りたいと言い出せば、私はまたラヴァル家の屋敷に戻る事になる。そしてまた私は母の……。だから今、決着をつけるべきだと考えました」

たとえそれで罰せられようとも構わない。真実を明るみにして、母や妹に悔い改めさせ、妹から私を取り戻す。母の言いなりの傀儡《かいらい》にはもう二度と戻らない。弱い自分は終わりにする。私は私を生きていくと決めた。

「そんなまどろっこしい事する必要なんてないよ」

「え……」

薄暗い中、シルヴァンの射貫くような赤い瞳と目が合った。

「くだらない人間の世界なんて、何もかも捨てて僕と一緒に行こうよ。君が罰を受ける必要なんてない。自ら辛い思いをしにいくなんて馬鹿げている」

不思議な感覚だ。まるで愛を囁くように甘く響いて聞こえた。

「アン、僕が君を自由にしてあげる」

「……ありがとうございます」

慰めや冗談なんかじゃない事は彼の声色から伝わってくる。

アンネリーゼが礼を述べると「じゃあ……」と明るい声へと変わったが、おもむろに首を横に振って見せると、彼は黙り込んだ。

「シルヴァン様のお気持ちはとても嬉しいです。でも私は逃げたくないんです」

「僕じゃ、彼の代わりにはなれないかな」

彼が誰かなんて聞くまでもない。

どんな結果になろうともリシャールは別の女性と結婚してしまう。もし無罪放免になっても、辛く苦しい未来が待っている。彼を忘れる事なんてできない……。きっとシルヴァンは全てを理解した上で言ってくれている。優しい人だ。

アンネリーゼは立ち上がりシルヴァンの前に立つと、彼は呆気に取られる。

「そんな風に言わないでください。シルヴァン様はシルヴァン様です。私は誰かを代わりにするつもりはありません。もっとご自分を大切にしてください」

「やっぱり優しいな。……君は、強いね」

「いいえ、強がっているだけです」

アンネリーゼは微笑した。

第九章　再会と反抗

城に戻り一ヶ月が過ぎた。あれから学院には一度も行っていない。その間も婚約の話は進んでいき、気づけばブロンダン侯爵家の娘ルシールと婚約をしていた。まるで他人事のようだが、正直他人事だ。彼女じゃないなら誰だって一緒だ。興味もない。

「リシャール様」

「……」

ルシールとお茶をするのがこれで何度目かは忘れたが、最近よくお茶に誘われる。婚約したのだから、これが普通なのかもしれないが面倒臭い。もしこれが、アンネなら……日に三度だって構わない。

「リシャール様のお好きな食べ物は何ですか？」

「……」

「リシャール様、ご趣味は？」

「……」

「リシャール様の、お好きな本は……」

「……」

誰がどう見ても作りものだと分かる笑顔が、だんだんと引きつっていく。この娘が自分になど一ミリも興味がないのは聞くまでもなく分かる。それにいつだったか、城内の廊下で「あー疲れましたわ！　本当リシャール様って、面白みの欠片《かけら》もありませんのね」そう誰かに話しているのが聞こえた。だが別段咎《とが》める事はしなかった。理由は単純で、興味がない故に腹も立たなかった。それだけだ。ただ呆れはした。城内で王族の悪口を言える神経を疑う。本物の馬鹿か、度胸があるのか……十中八九、前者だろうと思っている。

そもそも、こんな娘の考えなど知りたくもない。知りたいのは彼女の心だけだ。やはり彼女はフランツが好きなのだろうか……。二人が婚約したと耳にしてから、それればかりを延々と考えている。

一ヶ月半後に、二人の婚約のお披露目がある。……そして最悪な事に、リシャールとルシールのお披露目も一緒に行うと聞かされた。とんだ茶番だ。

「そういえば先日、アンナマリー様とお会い致しましたわ」

ルシールの言葉に、逸らしていた視線を彼女へ向けた。すると彼女はそれを分かっていたように不敵に笑った。

「アンナマリー様って、男たらしですのね。フランツ様と婚約したのにもかかわらず、わたくしの友人に色目を使ってきましたのよ。わたくし、本当に驚いてしまって……。しかもリシャール様と婚約した私の事が、お気に召さないようで、罵倒された挙句に突き飛ばされて、怖くて怖くて……」

目尻に涙を浮かべ、上目遣いで見てくる。だから嫌なんだ。女なんて信用できない。特に目の前にいるような女はそうだ。腹立たしくて仕方がない。

リシャールは音が鳴るほどに奥歯を噛み締めた。

「ルシール嬢」

「はい」

「彼女はそんな事はしない」

「で、ですが、わたくし本当に……」

「聞こえなかったか？　彼女はそんな人じゃない。それ以上彼女を侮辱するなら、婚約者だろうが女だろうが私は容赦しない」

「っ……」

苦虫を噛み潰したような表情を浮かべるルシールをその場に残し、リシャールは席を立つ。これ以上あの気色の悪い笑みを見ていたくない。吐き気がする。

自室に戻り、ベッドに身体を沈めた。酷い疲労感と孤独感に襲われる。一ケ月前、屋敷を出たあの日、彼女との別れを覚悟したはずなのに、情けない事にもう音《ね》を上げそうになっていた。

『フランツ王子の婚約者は、しがない田舎貴族の娘らしいわね。それに比べて貴方の婚約者は名門貴族の侯爵家の御令嬢よ。やはり王太子とただの王子では立場が違うのよ』

いつになくいやらしい笑みを浮かべていた母の顔は醜く歪んでいた。昔はあんなに母の期待に応えたいと必死だったが、今はもう嫌悪感しかない。

『リシャール様』

(アンネ……君に会いたい。君が恋しくて仕方がないんだ……)

◇◇◇

アンナマリーはイライラが抑えられずに、テーブルの上のカップを手で払う。するとカップは音を立てて床に散らばった。

「アンナマリー様、落ち着いてください」

「落ち着けるわけないでしょう⁉　どうして王太子の婚約者じゃなくてフランツの婚約者なのよ⁉　話が違うじゃない！」

(せっかく私が王太子妃……将来は王妃になる予定だったのに！)

アンネリーゼからの手紙を握り潰した。しかも、随分と幸せそうにしているのがまた腹が立つ。

「カミーユ、これは一体どういう事なのよ⁉」

「王太子殿下は、どうやら別の方と婚約なさったようです。予定外ではありますが、第二王子との婚約ではご不満ですか？」

「当たり前でしょう⁉　私は王妃になれるって思っていたの！　それにフランツなんかと結婚なんてあり得ないわよ！」

するとカミーユは意外そうに眉を上げる。

「第二王子殿下とは仲がよろしいのではありませんか？」

その言葉にアンナマリーは鼻を鳴らした。

「フランツとはただ単に一緒にいただけよ。アレでも王子だし、一緒にいれば箔もつくでしょう？　そうじゃなきゃあんな生意気な男、相手になんてしないわよ」

「そうですか……てっきり、お二人はそういった関係とばかり思っていました」

カミーユはアンナマリーを背後から抱き締めた。彼の手が首筋や鎖骨、胸元へと伝ってくる。まだ腹の虫は治まらないが、悪い気はしない。

「違うわよ。……あいつ、私がせっかく誘ってやったのに、何て言ったと思う⁉」

フランツとまだ出会って間もない頃、アンナマリーは彼に身体を密着させながらフランツを誘った事があった。だがその時フランツは、アンナマリーの身体を乱暴に突き放すと、満面の笑みでこう言い放ったのだ。

「『ごめんね、君じゃ勃《た》たない』って言ったのよ⁉　信じられる⁉」

「な、なるほど……」

苦笑するカミーユを見て、更に腹が立ってくる。

「なるほどじゃないわよ！　だからあんな奴と結婚なんて嫌！」

「アンナマリー様、冷静になってください。よろしいのですか？　このままでは貴女《あなた》の姉君が王子妃になってしまうんですよ？」

確かにそうだ。このままだと、あの自分より劣っている姉が自分よりも上の地位になる。

(私が伯爵夫人で、お姉様が王子妃……そんなの冗談じゃないわ‼)

「それに、王子妃にさえなってしまえば何とでもなりますよ」

「どういう意味よ」

「それは……」

「流石《さすが》カミーユだわ！」

アンナマリーはカミーユから、王太子に関して詳しく話を聞いた。確証はないが、今後、王太子であるリシャールを押しのけフランツが王太子になる可能性が十分あり得る。なら、不本意ではあるがフランツと結婚するメリットはあるだろう。

「早速、お母様達にお願いしないとね！　ふふ」

「アンナマリー様は、ご理解が早くて本当に聡明でいらっしゃいますね」

アンナマリーは彼の口付けに応えながら、場所を移動した。ドレスを脱がしつつ自分の身体に触れる彼を見ながら不敵に笑った。

◇◇◇

作戦会議から一ヶ月半後――お披露目まで、あと半月。

「寂しいよ～」

フランツとシルヴァンは屋敷を出た。そろそろ両親やアンナマリーがやって来る頃なので、二人が屋敷に住んでいるなんてバレたら大変だからだ。

「フランツ様、シルヴァン様とルベライトをよろしくお願いしますね」

取り敢えずシルヴァンとルベライトは、フランツと一緒に城に行ってもらう事にした。屋敷にはアンネリーゼと使用人達だけになる。

アンネリーゼは、未だに自分の肩に止まっているアレキサンドロスの頭を撫でた。

「ピ？」

「アレキサンドロスもダメよ。アンナマリーに見つかったら、大変だから。フランツ様達と一緒に行きなさい」

「ピ……」

寂しそうにこちらを見てくるが、暫くして渋々フランツのポケットに収まってくれた。

「お披露目当日は、ロイク達にも予定通りお願いしてあるから」

「はい、ありがとうございます」

アンネリーゼはフランツ達の乗った馬車を見送った、それが半月ほど前の事だ。

あれからアンネリーゼは学院を休み、一人静かに過ごした。

アレキサンドロスを預かるようになり、リシャールが屋敷に来て、その後フランツ、シルヴァン、ルベライトと増えていき、いつも賑やかだったのが嘘のようだ。最近では、学院へ行けばロイクやシャルロット、ゲルトもいて……

「一人って、こんなに寂しいものなのね……」

暫く一人になり考える時間が欲しかったが、いざ一人になってみて改めてそう思った。以前はずっとそれが当たり前だったはずなのに、どうしようもなく孤独感に包まれた。

「お嬢様……いらっしゃいました」

リタが強張《こわば》った表情で部屋に入ってきた。アンネリーゼは読んでいた本を閉じると、テーブルに置き立ち上がる。お披露目を三日後に控える中、両親とアンナマリー、オスカーがやってきた。

「久しぶりね」

嫌らしく笑みを浮かべるアンナマリーに嫌悪感を覚えた。相変わらずのようだ。

「一体これはどういうつもりですか」

両親達は屋敷に入るなり、連れてきた侍従達に命じて、強盗よろしく屋敷の使用人を残らず縛り上げ、一部屋に閉じ込めた。無論、リタやニーナもだ。

応接間には両親、アンナマリー、オスカーとアンネリーゼだけになる。優雅に長椅子で寛《くつろ》ぐ両親や妹を睨みつける。

「そんなに怖い顔しないでよ、お姉様」

「……」

「まずは婚約おめでとう。でも、びっくりしたわ。まさか、フランツ王子と婚約なんて……でね」

アンナマリーは立ち上がり、靴音を鳴らしながら軽快な足取りで近付き、満面の笑みを浮かべた。

「返して」

「返す？」

「私、アンネリーゼになってみたけど、なんか思っていたのと全然違ったのよねー。退屈だし、つまんないし。だから、私アンナマリーに戻ろうと思って。だから返して。私がフランツ王子と婚約して、王子妃になるから」

まるで貸していた本でも返してと言うくらい軽い言い草だ。元は自分が無理矢理奪ったくせに、今度は退屈だから、つまらないから返せ？　自分勝手にもほどがある。

「アンネリーゼ、分かりましたね。貴女《あなた》はラヴァル家に戻って、以前のようにラヴァル家のために仕事をなさい。貴女《あなた》には王子妃なんて荷が重過ぎます」

更に追い討ちをかけるように、有無を言わせない口調で母はそう言った。相変わらずアンナマリーを溺愛し妹の言いなりのようだ。

（変わらない……でも、安心した。これで、同情も罪悪感も抱く必要はないもの）

「お断りします」

ハッキリとそう告げた。思っていた以上に声が部屋に響いた。まさか拒否するとは思っていてなかったのだろう、両親だけでなくアンナマリー、オスカーまでが目を見張っている。

「は⁉　今、断るって言ったの⁉」

「そうよ、アンナマリー。聞こえなかった？　私がフランツ様と結婚するの」

そう言うと見る見る顔を真っ赤にして、怒り出した。

「ふざけないでよ‼　私が本物のアンナマリーよ⁉　フランツはアンナマリーと結婚するのよ⁉　なら本物の私がするべきでしょう⁉」

「その理屈で言うなら、どうして入れ替わったの？　オスカー様はアンネリーゼと結婚したのよ。なら、本物である私が結婚しなくてはならなかったはずよ。それに私、あの時言ったわよね。後から苦情は受け付けない、もう貴女《あなた》と関わりたくないって。気持ちは変わってないから、私は貴女《あなた》を許すつもりはないわ」

「うるさい、うるさいっ‼　あんたは私の言う事をおとなしく聞いていればいいのよ‼」

パチンッ！

その瞬間、乾いた音が響いた。アンナマリーがアンネリーゼの頬を叩いたのだ。ヒリヒリと頬に痛みを感じる。唇を噛む。本当に昔から何一つ変わらない。自分の思い通りにならないと駄々をこね癇癪《かんしゃく》を起こし、我を通そうとする。でも私は、もう昔とは違う――

パチンッ！

「痛っ！　何するのよ⁉」

「貴女《あなた》が先に叩いたから叩いただけよ」

アンネリーゼは妹の頬を叩き返した。こんなに反抗したのは生まれて初めてだった。

「いい加減になさい!! どうして貴女《あなた》は可愛い妹のために、譲ってあげないの！」

パチンッ!!

母の怒声と共に、今度は左頬に衝撃を受けた。ジンジンと痛む。瞬間昔の記憶が蘇る。

母が、怖い――

一瞬にして動悸が激しくなり、全身に汗が伝うのを感じた。身体が小刻みに震え出す。冷静にならないと――そう自分に言い聞かせるが、身体が言う事を聞かない。

「分かったら、返事をなさい！」

胸が苦しくて、胸元を握り締めるとハッとする。そこには彼からもらった指輪があった。そうだ、大丈夫よ。私は一人じゃないもの。皆がいてくれる。もうこんな人達なんか……怖くない。アンネリーゼは顔を上げ、母を見据える。

「っ、何なのその反抗的な目は!!」

パチンッ!!

再び受けた衝撃と共に、アンネリーゼの記憶はそこで途絶えた。

◇◇◇

半月ほど前――

「ピ～!!」

「アレキサンドロス!?」

リシャールが廊下を歩いていると、向かい側からアレキサンドロスが飛んできて肩に止まった。

「お前、どうしてここに……」

「兄さん、ただいま～」

久しぶりに会った弟は、相変わらずの様子で気が抜けた。更に後ろには何故かシルヴァンとルベライトまでいる。

「一体どうしたんだ」

「里帰り？　みたいな？」

何故疑問系なのかも気になるが、そもそも里帰りにどうしてシルヴァンを連れて来るのは分からない。この場合、連れて来るなら彼女ではないのか……

「立ち話も何だから、兄さんの部屋で話そうよ～」

「……話すのは構わないが、場所は変えてくれ」

決して狭くはないが、何故男三人と二羽を自分の部屋に招かなくてはならないと、応接室へと向かった。

「お披露目のためにアンナマリーの家族が来るから、帰ってきたんだ。婚約したとはいえ、流石《さすが》に気まずいし。シルヴァンなんかただの不審者だしね」

不審者扱いされたシルヴァンは、若干イラついた顔になる。だが、リシャールからしても彼はやはり不審者というか、危険人物である。

「シルヴァン様を不審者扱いするとは、いい度胸だな！　シルヴァン様に代わって目に物を見せて……あ！　この出来損ない！　俺のチョコレートを取るんじゃない！」

「ピ!!」

最近はルシールの事を除けば静かだったので、急に騒がしくなり妙な気分になる。以前ならきっと煩《わずら》わしいと思ったに違いないが、今は何というかむず痒《がゆ》い。あとはここに彼女さえいてくれたら……そんなつまらない事を考えてしまう。

「それで帰ってきたのか」

「うん、まあね。でももう僕が戻る事はないと思うけど」

フランツの言葉に眉根を寄せた。それは別の場所に新居を構えるという意味なのだろうか。あまり深くは聞きたくないと適当に相槌を打つ。

「そういえば兄さんは、ルシール嬢とうまくやってるの？」

「……関係ないだろう」

思わずフランツから目を逸らした。あんな女とうまくやれる人間がいるわけないだろう。もしいるならお目にかかりたいくらいだ。いや……意外と弟ならうまくやれそうな気もする。

「どうせ兄さんの事だから、愛想の欠片《かけら》もないからうまくいってないんでしょう～」

「……」

図星過ぎて黙ってしまった。これでは肯定しているようなものだ。

「ダメだよ、ちゃんと仲良くしないと。僕とアンナマリーみたいにね！」

「君がそう思っているだけで、彼女はそうは思ってないんじゃない？」

しれっとしながら、お茶を啜《すす》っていたシルヴァンが口を挟んできた。

「絶対そんな事ない！　僕とアンナマリーはラブラブで仲良しこよしなんだもん！」

仲良しこよしか……馬鹿みたいな発言だが、羨ましいと思ってしまう自分は重症だ。

「ピ……」

「どうした、アレキサンドロス。足らないのなら、私のをやろう」

「ピ！」

食べる気にはなれず手が止まっていたが、アレキサンドロスが物欲しそうにこちらを眺めていた。

リシャールは茶請けのカップケーキをフォークで小さく切ると、アレキサンドロスにやる。すると嬉しそうに食べ出した。以前はアレキサンドロスがいてくれるだけで救われていたのに……

人は欲深い生き物だ。一度今以上のものを手にしたら、これまで満たされていたものだけでは満足できなくなってしまう。

「もうすぐだね、お披露目」

ポツリとフランツが言ったその言葉に、心臓が大きく脈打った。

「ねぇ、兄さん。本当に大事ならどんな事をしたって、たとえ情けなくてもみっともなくても、地を這ってしがみ付いてでも手放しちゃいけないんだ。我慢をする事に慣れて麻痺して、雁字搦《がんじがら》めになったって……僕達は誰かの傀儡《かいらい》なんかじゃない」

フランツからはいつもの笑みは消え無表情だった。珍しく真面目な話をする弟の言葉が胸に深く突き刺さった。

◇◇◇

(頭が痛い……)

アンネリーゼは頭痛と眩暈《めまい》を感じながら、ゆっくりと目を開いた。

「私の、部屋……」

気がつけば自室のベッドに寝ていた。身体を起こし、ベッドから降りようとする。だが眩暈《めまい》を感じ逆戻りした。

(私……確かお母様に打たれて、そのあとは……)

頬も痛いが頭も痛い。

「目が覚めたんだな」

額に腕を乗せ、記憶を整理していたその時、部屋の扉が開いて彼が中へと入ってきた。

「オスカー様……どうして……」

彼は後ろ手に扉の鍵を閉めると、ゆっくりと近寄ってくる。

「アンネリーゼ、君に会いたかった」

ベッドに腰かけ、満面の笑みでアンネリーゼの手を握ってくる。

「っ……」

だが思わず手を振り解《ほど》いた。すると彼は目を丸くする。

「どうしたんだ？　私は君の夫なんだぞ」

「夫って……。それよりも、お母様やアンナマリー達はどうしたんですか……」

「少し早いが、城へと出かけて行った。だから今は私と君の二人だけだ」

再び伸ばされた手は、アンネリーゼの頬や頭を撫でた。気持ちが悪い。

「大丈夫か？　お義母《かあ》さんに叩かれた勢いで頭を打って意識を失った事は覚えているか？　君は三日間も眠っていたんだ」

オスカーの言葉に、瞬間記憶が完全に蘇った。そうだった、母に頬を強く打たれたときにバランスを崩して、棚に頭を打ちつけて意識を手放した。色々と予定外だった。本当はあそこまでするつもりはなかった。本当は少し反抗してから、渋々了承するつもりだった。従順過ぎて不審がられないようにだ。だが、情けない事に母やアンナマリーの態度に自制がきかなかった。まさか叩かれて気を失うなんて……

頭を押さえながら、アンネリーゼは今度こそ身体を起こす。三日も寝ていたなんて……今日はお披露目の日だ。急がないといけない。母や妹達はもう出かけたらしい。

「まだ寝ていた方がいい」

「ダメです。私にはするべき事が……オスカー様!?　嫌っ、何するんですか!?」

ベッドから降りようとしたが、オスカーに覆いかぶさられ身動きが取れなくなる。

「アンネリーゼ、もういいんだ。アンナマリーは元に戻ると言っている。私と二人で屋敷へ帰ろう。モルガンも君の帰りを待っているから、二人で育てていこう。大丈夫、初めからやり直せる」

肢体をバタつかせてもがくが、オスカーの力が強過ぎて抜け出せない。彼はアンネリーゼを抱き締めながら、徐々に鼻息が荒くなっていく。身体を撫で回し、肩からドレスを少しずらすと唇を伝わせてきた。その瞬間、肌が粟立つ。気持ちが悪い――

「いや……嫌っ!!」

本来だったら私は彼の妻で、こうなるはずだった。でも、嫌だ!! 初夜の時ならなんて事もなかった。でも今は違う。

「離してくださいっ、やめてっ!!」

抵抗するが強い力で押さえつけられる。

「アンネリーゼ、初夜のやり直しをしよう。私は自分の子が欲しい。私の子を産んでくれ」

「っ……」

まさかオスカーがこんな行動に出るなんて、予想もしていなかった。そもそも彼が一緒に来るなんて考えてすらいなかった……。自分と彼は政略結婚であり、面識だってほぼない。だからこんな風に執着されるなど普通なら思わない。

オスカーの顔がゆっくりと近付いてきて彼の唇と自分のそれが触れる、直前だった。鍵のかかった扉が物すごい音を立てて開いた。

「アンネリーゼ、無事!?」

「ロイク、お前本当に蹴破るなよ！」

「うるさいな！　仕方ないだろう!?　丁寧にピッキングなんてしてられるか！」

衝撃と共に入ってきたのは、ロイクとゲルトの二人だった。

「だ、誰だ!?」

「お前こそ誰だよ!?　さっさとその汚い手を彼女から離せ！」

怒声を上げたロイクはオスカーに掴みかかり、アンネリーゼから引き剥《は》がしてくれた。

オスカーは腕を後ろで縛り上げられて、床に座らせられる。

「アンナマリーとの結婚生活は散々だった。彼女は仕事もしなければ、子供の世話もしない。挙句毎晩男を漁るために遊び歩き、しまいには男を屋敷へと連れ込むようになった。私は限界でモルガンを連れて屋敷を出ようと考えた。だが彼女にそれを告げると、今の生活に飽きたから元に戻ると言われ……。私は君とならうまくやれると思って結婚したんだ。だから、君が戻ってきてくれるなら、それでいいと思った。元々侯爵家の三男で、今更実家に帰ったところで居場所もないしな」

「何だか、同情してしまうな」

彼の話を聞いてゲルトは不憫《ふびん》そうな目でオスカーを見る。アンネリーゼも申し訳なく思っていた。

彼は完全に被害者だ。あの時彼は、拒否する事なんてできるはずがなかったのだから……

「ふ〜ん。でも初夜の後、君は二人が入れ替わった事を知らされてもそれを容認したんだよね？」

ゲルトとは対照的にロイクは淡々としている。

「それは……そうだが、あの時は私も混乱していて、貞操を失った事への責任を取れと責められ、仕方がなかったんだっ」

　必死に訴えるオスカーに、アンネリーゼは顔を伏せた。このまま真実が露見する事になれば、彼は居場所を失う事になるだろう。分かっていた事だが、胸が痛む。

「君さ、これまで女性経験がなかったにしろ、処女かどうか分からなかったの？」

「それは……後から冷静になって考えてみれば、確かに思う事はあった。だが既に二人は入れ替わり、アンネリーゼは屋敷を出て行った後でどうする事もできなかった」

「言い訳ばかりだね」

　ロイクは呆れた様子でため息を吐く。

「僕はゲルトと違って優しくないから、同情はしないよ。彼女の母親やアンナマリーに責められた時、どんな理由があるにせよ、毅然とした態度で抗議して拒否すべきだったはずだ。それに彼女の夫だと主張するなら、何故その時に彼女を護らない？　君は彼女の母親と妹からの圧に負けて、彼女を見捨てたんだ。その時点で君に彼女の夫を名乗る資格はない。しかもたちが悪い事に、今度は自ら彼女を傷付けようとした。それなのに被害者面か？　ふざけるなよ」

　ロイクの威圧感のある声が部屋に響き、静まり返った。淡々と冷静に話してはいるが、彼から怒りの感情が伝わってくる。

「これはたとえ話になってしまうけど、もしも君とアンナマリーの結婚生活がうまくいっていて自分が幸せだったなら、君はアンネリーゼじゃなくてもよかったんじゃないの？　きっと君はアンネリーゼに戻ってきてほしいなんて言わなかったと、僕は思う」

「っ‼」

おそらく図星なのだろう、オスカーは絶句したまま固まってしまった。

「ロイク、話は済んだか？　そろそろ時間だぞ」

「あぁ、そうだね。アンネリーゼ、支度をしよう。ケリをつけに行くんだろう？」

不敵に笑うロイクの姿に、アンネリーゼもつられて笑った。

「勿論です」

アンネリーゼが自室のクローゼットを開くと、お披露目用のドレスのみならず、全てのドレスが見るも無残に引き裂かれていた。

「これは酷いな」

目の前の惨状に、思わずロイク達も声を上げる。

本当に悪知恵ばかり働く。もしもの時の事を考えてやったのだろう。もしくは、ただ単に嫌がらせしたのか……。どちらにせよ、どうしようもない。アンネリーゼは今の自分を姿見で確認する。

完全に部屋着用の簡易ドレスで、これではお披露目どころか外出すらできない。

「お嬢様、ダメです。他の部屋に保管していたドレスも全て使い物になりません……」

リタが慌てて部屋へと駆け込んでくる。

ロイクとゲルトが、閉じ込められていた使用人達を見つけ出し解放してくれ、反対に、両親達が連れてきた侍従達はロイクの侍従達によって拘束された。

余談だが、両親とアンナマリー達がお披露目で屋敷を留守にしている間に、母はオスカーにアンネリーゼと床を済ませておくようにと言付けていたそうだ。それを聞いてゾッとすると同時に、指示を出したのが母だったなんて、流石《さすが》にショックだった。

「ご心配には及びません！」

「シャルロット様⁉」

「こんな事もあろうかと、お姉様に似合うドレスをお持ち致しました！」

突然現れたシャルロットに、アンネリーゼのみならずロイク達も唖然としている。

「シャルロット、君は先に城に行くように言っておいただろう」

「ですがお兄様、私やはりお姉様が心配だったんです……。それよりも、お姉様！　どれになさいますか⁉」

目を輝かせているシャルロットの後ろから侍女が数人現れ、次々にドレスを並べていく。その光景に目を見張るが、助かったと安堵している場合ではない。時間も迫っている。アンネリーゼはすぐさま、支度に取りかかった。

第十章　断罪と解放

城の大広間は舞踏会の時以上に華やかに飾られ、多くの人々が押し寄せていた。王子二人の婚約のお披露目なのだから当然だろう。

ない。

「リシャール様」

リシャールは顔を顰《しか》める。先程から自分の腕に纏《まと》わりついてくるルシールが、鬱陶しくて仕方がない。

「あまりくっつかないでもらえるか、動きづらい」

その言葉にルシールの笑顔は引きつるが、知らないふりをして手を振り解《ほど》いた。

「兄さん、眉間に皺が寄ってるよ～。せっかくの男前が台無しになっちゃうよ」

軽快な足取りで現れたフランツに、顔を覗き込まれ眉間の皺を伸ばされイラッとする。

「ルシール嬢は、今日は一段と綺麗だねー」

「もう、フランツ様ったら、嫌ですわぁ～」

満更でもない様子のルシールは、嬉しそうに頬を染めフランツと話し出した。その事に内心安堵する。このまま終わるまで彼女の相手を弟に任せたい。

「そういえば、彼女はどうした？」

「あぁ……もうすぐ来ると思うよ」

今宵の主役の一人でもある彼女の姿がない。フランツに尋ねると、何故か嘲笑された。

「フランツ様」

そんな話をした直後、噂をすれば何とやらで彼女が現れた。だが彼女の姿にリシャールは目を見張る。いつものような控えめなドレスではなく、随分と豪華で派手な形と色合いのドレスを身に纏《まと》っていたからだ。確かに今日は特別な日だが、趣旨が違うようにしか思えない。胸元が大胆に開いた形で、色も真っ赤。品性の欠片《かけら》もなく、男を誘う事を生業《なりわい》にしている女のような格好だ。

「アンナマリー、待っていたよ。今日は随分とめかし込んでいるね」

「ふふ。だって、フランツ様との婚約のお披露目ですから、張り切っちゃいました」

そう言いながら彼女……いやアンナマリーは、フランツの腕に自らの腕を絡ませた。

「リシャール様、ご機嫌よう」

見た目は紛れもなく彼女だ。だが、今目の前にいるのは、明らかに彼女ではない。

(誰だ、この女は……)

「リシャール様？　どうかされましたか？」

ルシールが黙り込むリシャールを上目遣いで見上げるが、正直嫌悪感しか湧かなかった。

「アンナマリー様、私の婚約者に色目を使わないでくださいますか」

不意にルシールは間に割り込んでくると、アンナマリーと対峙した。

「私、そんなつもりは……フランツ様、ルシール様が怖いです」

アンナマリーは大袈裟に言いながらフランツに擦り寄る。ルシールはそんなアンナマリーの振る舞いに腹を立てて、一気に空気が悪くなった。

「王太子殿下、フランツ殿下。この度は御婚約おめでとうございます。私はアンナマリー・ラヴァルの母のアデラ・ラヴァルでございます」

そこにアンナマリーの両親が現れ、一旦その場は収まった。

「それにしましてもフランツ殿下は、本当にお目が高いですわ。うちのアンナマリーを選んでくださるなんて」

その後アデラは、いかに自分の娘が優れているかを延々と語り出した。絵に描いたような親馬鹿なのは分かったが、気になるのはそこではない。フランツを見ると普段と変わらない様子でアンナマリーと話している。

（どういう事なんだ……まさか気づいてないのか？　彼女は一体どうしたんだ……）

頭の中が、混乱する。

そんな時、広間中が騒がしくなった。皆一様に同じ方向へ視線を向けている。リシャールも訝《いぶか》しげな表情で、その方角へと目を遣《や》る。あっちは出入口のはずだ。だが人混みに遮《さえぎ》られ、何があるのか確認はできない。


ねぇ、これってどういう事⁉

あれってアンナマリー様、よね……？

いや、アンナマリー嬢は今殿下達と一緒にいるだろう。

なら、ロイク様とゲルト様とご一緒の方はどなたかしら……

ロイク様にエスコートしていただけるなんて、羨ましいわぁ。

ロイク様がシャルロット様以外の方をエスコートなさるなんて……ショックです。

それより、あの令嬢は誰だ？

周囲からそんな声が漏れ聞こえてきた。一体何の話なのか分からない。ロイク達が来ているという事以外はさっぱりだ。リシャールが呆然と眺めていると、人混みが左右に分かれて道ができた。そして、その中から現れた人物を見て、馬鹿みたいに口を半開きにしたまま固まってしまった。

「何でいるのよ⁉」

だが、アンナマリーの怒声にリシャールは我に返った。彼女だ。一目で分かった。

彼女はロイクとゲルトに手を引かれ、まっすぐに前を見据えゆっくりと優雅にこちらへと歩いてくる。シンプルな形と控えめな色のドレスだが、彼女が着ると煌びやかで華やかに見えた。そして何より堂々としたその美しい姿に見入ってしまう。

「そんなに取り乱してどうしたの？」

「一体どうやったの⁉　オスカーはどうしたのよ⁉　ドレスは⁉」

「アンナマリー、落ち着きなさい」

混乱するアンナマリーを、慌ててアデラが宥《なだ》める。

「まあ、いいわ、今更来たって遅いんだからね！　私がフランツ様の婚約者なんだから、あんたはさっさと帰りなさいよ！」

「そうね、用事が済んだら帰るわ」

彼女は意味深な返答をして微笑むと、グルリと周りを見渡した。いつの間にか人々が自分達を遠巻きにして見ていた。

「本日は王太子殿下、ルシール・ブロンダン様及びフランツ殿下、アンナマリー・ラヴァルの婚約のお披露目とあり、こちらへと参りました。私はアンネリーゼ・ラヴァルと申します。ラヴァル伯爵家の長子でありアンナマリー・ラヴァルの双子の姉です。そしてつい先日まで、妹の身代わりとなりアンナマリーとして学院に通っていました」

（アンナマリーの姉……妹の身代わり……）

彼女の発言に衝撃を受けた、だが……ずっと胸につっかえていたものが取れたような感覚で、不思議と心は落ち着いていた。

（そうか……彼女はやはり……）

「妹は一年と少し前、学院に長期休暇届を出して私の暮らす実家へと帰ってきました」

「や、やめなさいっ!! 貴女《あなた》は何を考えているの!? こんな事許されませんよ!!」

アンネリーゼの言葉を遮《さえぎ》るようにアデラは怒鳴り彼女へと詰め寄るが、それをロイクとゲルトが壁となり制止した。彼女は意に介する事なく淡々と話を続けていく。

「その時、私はある方との結婚が決まっており、挙式前に籍を入れ、妹が帰ってきたその日は初夜を迎えるはずでした」

いつの間にか広間は静まり返り、皆彼女の話に耳を傾けていた。そんな中、アデラとアンナマリーだけは何やら喚《わめ》いている。だが、彼女等の声を聞こうとする者は誰もいない。

「ですがその夜、私は妹に睡眠薬を飲まされ眠ってしまい、気づいた時には朝になっていました。そして妹は私になりすまし、私の夫になった方と初夜を済ませてしまい、母は彼に責任を取るようにと詰め寄り、私にも妹と入れ替わるようにと命じました。私は妹の代わりに学院へ戻り、つい先日までアンナマリーとして過ごしてきました。ですが、私とフランツ殿下の婚約を聞いた母と妹は、今度は私と妹が元に戻るように強要しました」

一呼吸おき、彼女はアデラやアンナマリーへ視線をやった。

「――フランツ殿下と婚約したのは彼女ではなく、この私です」

話が終わった瞬間、広間に一気にどよめきが起きた。次々にアンナマリー達への非難の声が上がる。顔面蒼白の母親が必死に言い繕う中、アンナマリーは発狂する。

「嘘よ!! お姉様は嘘吐きよ!! お姉様は私がフランツ様と婚約するのが許せなくて私を陥れるつもりなの！ だって、そもそも入れ替わっていた証拠なんてどこにもないじゃない!? 本当に入れ替わっていたと言うなら、証拠を出しなさいよ!!」

「……」

「ほら見なさい！ 証拠なんてどこにもないんだから嘘じゃない！」

見るからに動揺しているアンナマリーが騒ぐが、彼女が嘘を吐いているのは明らかだろう。だが、確かに証拠はない。彼女が黙り込み、再び広間が静まり返ったそんな時だ。

「ピー!!」

シルヴァンがアレキサンドロスとルベライトを連れて現れた。アレキサンドロスは翼を広げ天井高く舞い上がると、まっすぐにアンナマリーの元へ飛んで行く。

「痛っ!! ちょっと、やだ、やめなさいよ!! このっ！」

「ピー！ ピー!! ピー!!」

怒気を孕んだ様子で頭上から攻撃し、アンナマリーは乱暴にそれを振り払う。

「ピー！！！」

「痛いっ!!」

アレキサンドロスを叩き落とそうと更に手を振り上げるが、嘴《くちばし》で突かれて手を負傷する。

「ピ～～～!!」

アレキサンドロスは再び高く舞い上がると、今度はまっすぐに彼女へと向かっていった。

「ピ～ピ～」

彼女の頭上に止まり、彼女が少し身動《みじろ》ぐと手のひらに降りていく。アレキサンドロスは甘えるように鳴きながら顔に擦り寄る。瞬間、あの日の記憶と重なった。

「……アンネ」

身体が勝手に動き、気づけば彼女の前に立っていた。

「リシャール様」

「すまない、すまないっ……」

何のための謝罪なのか、分からない。だがきっと彼女は気づいてもらいたかったはずだ。自分はアンナマリーではなく、アンネリーゼなのだと……。自分を捨て別人になるなど苦しかったはずだ。フランツやロイク達はとうに彼女の正体に気づいていた。なのに自分は……。まともに彼女の顔を見る事ができない。知らなかったとはいえ、随分と酷い言葉や態度で彼女を傷付けてしまった。

「リシャール様、私……」

彼女が何かを言いかけた時、一人の令嬢が声を上げた。

「アンネリーゼ様の仰っている事が真実です！」

「その鳥はリシャール殿下が所有されているものです！　彼女がリシャール殿下からお預かりして、とてもよく彼女に懐いていたのを私は知っています」

「わ、私も存じてます！　確か、アンナマリー様が長期休暇から戻られて暫くしてからでしたわ」

「でも先程、アンナマリー様は随分と嫌われている様子でしたよね……」

「休暇の後、雰囲気がまるで変わりました！」

「そういえばそうだな。急に勉強もできるようになったしな」

「変だなってずっと思ってたんだよ」

「心を入れ替えたっていっても、まるで別人だったし」

「嘘吐きは、そちらでしょう！」

学友達が口々にアンネリーゼを庇《かば》い、声を上げていく。その様子にリシャールは呆気に取られた。

「彼女はアンナマリー嬢に傷付けられた僕の妹を救ってくれたんだ。彼女の言葉が偽りでないと僕が保証する」

「私はアンナマリー様に婚約者を奪われ、ずっと塞ぎ込んでいました。でもアンネリーゼ様のお陰で今こうして立ち直る事ができました！」

ロイクやシャルロット、ゲルトやシルヴァンがアンナマリー達を逃がさないと言わんばかりに取り囲む。

「僕も皆と同意見なんだけど、まだ何か言う事はある？」

フランツの言葉を受けたアデラは、これ以上は言い逃れする事はできないと思ったらしくその場に崩れ落ちた。空気のような父親はただ立ち尽くして項垂《うなだ》れている。だが、アンナマリーだけはまだ納得せず一人喚《わめ》き散らす。

「まったく、見苦しい」

そんな中、広間に響いた声に、周囲は一気に静まり返った。

◇◇◇

低く少し掠《かす》れた声に誰もが口を閉じた。威厳漂う男性は、ゆっくりと歩いてくる。思わず後退《あとずさ》りしてしまうほどの威圧感に息を呑む。彼はリシャールやフランツの父親にしてこの国の王だ。

「ラヴァル家は代々女系で、爵位こそ夫となった者に与えておるが、実質の家長はお主だったな、アデラ」

「は、はい、陛下……」

へたり込んでいた母は慌てて立ち上がると姿勢を正し、国王へと頭を下げた。

「お主は娘一人まともに育てられないようだが、そんな人間に伯爵家を任せられるとは思えんな」

「陛下!!　違うのです、これは何かの間違いでしてっ、悪いのはこのアンネリーゼで……！」

アデラは必死に弁解するが、国王は咳払いをして黙らせる。

「子が子なら親も親か。お主はどう思う？　アンネリーゼよ」

まさか自分が意見を求められるとは思ってもいなかった。母を見ると、顔を伏せたままこちらを睨んでくる。だが、もう怯む事はない。

「御無礼になりますが、それでもよろしいでしょうか」

「構わぬ、お主の考えを述べなさい」

「私は母を……彼女を家長として尊敬してきました。いつか彼女のような家長になれればと思い、幼い頃より必死に勉学に励んできたつもりです。ですが、それは以前の話です。妹と入れ替わるように命じ、私の夫になるはずだった方を脅迫した彼女は、伯爵家の家長として、ひいては人の親としても失格だと考えております。娘を溺愛するあまり、娘のためならと何をするのも厭《いと》わず、娘のしもべに成り下がり……貴族としての誇りすら地に落ちたと私は思います。今回の婚約に関しましても、入れ替わったままフランツ殿下との婚約をしようとした事、王家を欺《あざむ》いた裏切り行為となると覚悟しております。つきましては陛下には、父のラヴァル伯爵及び家長のアデラのみならず、その娘である私と妹のアンナマリーにも厳重な処罰をお与えくださいますようお願い申し上げます」

思いの丈を全て言い切り小さく息を吐いた。ようやく、終わった。

（これで、いいよね……）

「お待ちくださいっ‼」

アンネリーゼが静かに顔を伏せ国王からの言葉を待っていると、リシャールが声を上げた。

「⁉」

予想外の事態にアンネリーゼは弾かれたように顔を上げる。すると、いつの間にか自分を庇《かば》うようにして、リシャールは国王と対峙していた。

「リシャール、今お前の意見は聞いておらぬのだがな」

「でしたら、私の意見を聞いてくださるようお願い申し上げます」

（リシャール様……）

「……申してみよ」

「私は、彼女が入れ替わっているとは気づきませんでした。ですが、彼女が学院に来てからずっと彼女がどのように過ごしてきたのかをよく知っています。己に降りかかった不幸をただ嘆くわけではなく、ラヴァル家の名誉のためにと自分を殺し、必死に一人闘っていたのだと、今なら分かります。そんな中でも他者へ心を砕き、誠実さを見失う事なく、多くの者達から信頼を得ました。私自身、そんな彼女から教わる事も多くあり救われました。もしそのような彼女を罰すると仰るならば……私も罰してください」

（えっと……今、何て言いました？　え？　私を罰するなら、自分も罰してくださいって何故⁉）

リシャールのとんでもない発言に呆気に取られる。国王を見ると同じく困惑していた。

「リシャール、一応確認するが、罪状は何だ……」

「私はずっと彼女の正体に気づいてやる事ができませんでした。もっと早く気づく事ができたならと悔いるばかりです」

「ほぉ……それで？」

「私には婚約者がおります」

どんどん関係のない方向に話が逸《そ》れていき雲行きが怪しくなる……。アンネリーゼは嫌な予感しかしない。

「それなのに私は、彼女の事を愛し……」

「リシャール、分かった。その話は後日改めて聞く。取り敢えずお前は、落ち着きなさい。これ以上何も申すな」

彼の言葉を国王はぶった切る。息子の脈絡のない発言に威厳は消え失せ、頭を抱えていた。不憫《ふびん》に思ってしまう。

それよりリシャールの言葉は途中から国王の声に掻き消され、よく聞こえなかった。結局発言の真意は不明だ。

「ラヴァル家に関しての処遇は追って知らせる。それまで身柄は城で拘束する事にする。それでよいか、アンネリーゼ」

「はい、陛下。感謝致します」

国王が声をかけると兵士等が現れ、項垂《うなだ》れる父や母や未だ喚《わめ》いている妹を拘束し、連れていく。アンネリーゼも連れて行かれそうになるが、リシャールが兵士等を威嚇するので困り果てていた。

「リシャール様は私の婚約者ですのよ！　いい加減離れなさい！」

そんな中で、ルシールが痺れを切らした様子で顔を真っ赤にしながら声を荒げる。だがその瞬間だった。

「『なんかとっても微妙ですわぁ。外見は当たりなのに、中身はハズレ、たとえるなら偽物の宝石でも掴まされた、そんな残念な気分ですわね』」

どこからともなく聞こえてきた彼女の声が広間中に響き渡る。

「え、な、何ですの!?」

本人はパニックになり、人々は何故か一様に顔を上に向けている。この会話、聞き覚えがあるような……アンネリーゼは、眉根を寄せながらも天井を見上げた。

「『だって、リシャール様って無愛想で何考えてるかさっぱり分かりませんし、確かに外見は素敵ですけど、ただそれだけという感じですし。本当、真面目過ぎてお堅い面白みの欠片《かけら》もない方。いつも不機嫌そうですし、話しかけても殆《ほとん》ど話しませんし、全然優しくもありませんもの。まあ肩書きは最高ですけど。でもそれならわたくし、フランツ様の方が良かったですわぁ。お父様達は王太子妃に拘《こだわ》ってますけど、わたくし、別に王子妃でも全然構いませんもの。フランツ様はリシャール様に比べて、愛想も良くて面白いですし、人懐っこいあの笑顔が可愛いくて堪《たま》りませんわ！　あー今からでも、どうにかなりませんかしら』」

広間の天井を旋回しながら、ルベライトが飛んでいた。どうやら、彼女の声をルベライトが真似ているようだ。

「あの鳥さ、実は人の声と言葉を記憶できるんだよ～。賢いよね！　前にルシール嬢が屋上で話していた時の言葉、覚えちゃったみたいなんだよね～」

そんな特技があったなんて驚いた。ただの口うるさい食いしん坊な精霊ではなかったらしい。

フランツとルベライトを交互に見て、周囲は騒《ざわ》めく。

「ち、違いますわ‼　これはわたくしじゃありませんの‼」

「『それにリシャール様のお母様ってあのセレスティーヌ妃ですのよ。侯爵家出身といっても愛妾《あいしょう》に生ませた子供だったという噂もありましたし。ロワリエ侯爵家には他に女児がいないからと、ロワリエ侯爵がかなり強引に側妃に推薦したのでしょう？　血筋でいってもやはりフランツ様とは格が違いますわよね』」

最後まで否定し続けるも、結局ルシールも一緒に、兵士等に連れて行かれてしまった。


それから三日――アンネリーゼは薄暗く少し肌寒い牢で過ごしていた。ちなみに父や母、妹は別の場所に連れて行かれたらしく、ここにはいない。

「……あの、お仕事なさるならお部屋の方がよろしいのでは」

石畳に座り込み、壁を隔て隣の牢にいる人物に遠慮がちに話しかける。

「いや、君がここから出るまでは、私もここで過ごすと決めている」

あの後、彼は無理矢理ついてきて勝手に隣の牢に入ってしまった。見張りの兵は驚愕し、可哀想に怯えていた。流石《さすが》に鍵はかけられずに開いたままだったが、彼の拘《こだわ》りで結局かけさせた。一体何がしたいのか謎だし、周りは困り果てている……

「それに仕事ならどこでもできる、問題ない」

（問題しかないと思いますが……⁉）

何の罪も犯していない王太子が自ら牢に入るなんて、どう考えてもおかし過ぎる。でも――

「……リシャール様」

「どうした」

「ありがとうございます」

「私は礼を言われるような事は何もしていない」

決意はしていた。しなくてはいけないと腹を括《くく》った。でも心の奥では本当は怖くて不安だった。これからどうなってしまうのだろうと、怖くて堪《たま》らなかった。処遇はまだ分からないが、こうして彼が側にいてくれて、内心安堵している情けない自分がいる。

「リシャール様」

「何だ」

「申し訳ありません」

「礼の次は謝罪か？　随分と忙しい事だ」

「ルシール様との婚約が、破談になってしまって……」

昨日、面会に来てくれたフランツ達に聞いた。ルベライトの発言のせいで彼女は婚約破棄どころか、不敬罪に問われているそうだ。あの時、自分が盗み聞きしたために、彼の婚約をダメにしてしまった。リシャールには全て説明をして謝罪はしたが、どうしても罪悪感は拭えない。

「君が謝る意味が分からない。あの女の自業自得だ、それ以上でもそれ以下でもない。それに、君もフランツとは破談になったのだろう」

「それは、私とフランツ様の婚約は元々作戦のためでしたから。それが終われば、どのみち婚約は解消される事になっていたんです」

「だが君は、その……フランツの事を好きだったのではないのか？」

意外な質問に、アンネリーゼは目を丸くした。

「いえ、フランツ様とは本当にそういうわけでは……」

「そ、そうか」

「はい」

「そう、なのか、そうなのか、そうか……」

ブツブツと何やら独り言が聞こえてくる。牢で過ごすうちに精神的な負担が生じておかしくなってしまったのだろうか。

（大丈夫かしら……）

でも、心なしか彼の声が嬉しそうに聞こえた。そういえばあの時彼は、国王に何を言おうとしていたのだろうか。庇《かば》ってくれた事は嬉しかったが、今思い出しても謎だ。

「リシャール様、あの時……」

「ア、アンネリーゼっ、実は私は……」

二人の声が重なった時だった。

「あのさ、ここ一応牢屋だから、こんな場所でイチャつくのやめてくれるかな？」

呆れ顔のフランツが牢の前で立っていた。話に夢中で全く気づかなかった……

「フランツ様！」

「お待たせ、アンネリーゼ。牢から出られるよ」

フランツに連れて行かれた場所は、城の応接間だった。中に入るとロイクにシャルロット、ゲルト、アレキサンドロスにルベライトまで揃っていた。ただ、シルヴァンの姿だけは見えない事が気になった。

「お姉様！　お帰りなさいませ」

「ピー!!」

涙目のシャルロットに抱きつかれた時と同じく、アレキサンドロスに勢いよく突撃され思わずよろめいてしまう。

「リシャール、君が自ら進んで牢屋に入るとか、頭でもおかしくなったかと思ったよ」

「……うるさい」

後から入ってきたリシャールにロイクはそう言って肩を竦《すく》めた。ゲルトは苦笑いを浮かべている。

「さてと、じゃあアンネリーゼ、君の処遇を発表しちゃうねー」

人生が左右するほどの深刻な事柄なのに、相変わらず軽い物言いだ。

「一年間、教会で奉仕する事！　だよ。まあ、毎日じゃなくて、月の半分くらいでいいみたいだけど」

「それだけ、ですか……」

「うん、それだけだよ」

フランツは、いつになく優しい笑みを浮かべていた。

信じられない……だがロイク達の顔を見たら、皆頷いてくれ、現実なのだと分かった。

「アンネリーゼ⁉　大丈夫か」

「す、すみません、ありがとうございます」

気が抜けて長椅子から床に滑り落ちそうになったが、隣に座っていたリシャールが支えてくれる。目が合うと、優しく手を握ってくれた。

「それで、君の両親の事だけど」

リシャールに支えられながら、両親や妹への処遇を聞いた。

「伯爵位に相応《ふさわ》しくないとの理由から、父親の爵位の剥奪《はくだつ》、母親と共に貴族籍から除籍され平民として暮らす事になったよ」

爵位は国王が貴族達を信頼し領地と共に与えるものだ。今回実質的な損害はなかったが、名を偽り家督を継がせようとした事は信用問題に値する。更に、姉妹が入れ替わっていた状態でフランツと婚約を交わした事は王族への冒瀆《ぼうとく》とみなされ不敬罪とされた。不敬罪にも度合いがあり、今回の場合は軽い処分で済んだと思う。

それにしてもあの両親が平民として暮らすとは……まるで想像がつかない。

「あと、アンナマリーは貴族籍は残したままで修道院に送られる事になった。遠方のど田舎で、かなり厳しいと評判の修道院らしいから、大変だろうね。多分、もう一生会う事はないんじゃない？」

修道院に行く事になったと知った時のアンナマリーの姿がぼんやりと頭を過《よぎ》る。泣き喚《わめ》いたり怒ったりする姿が目に浮かぶようだ。あの妹が修道院に入ったくらいで心を入れ替えるとはとうてい思えない。だが、姉としては、少しでも良い方向に変わってほしいと願っている。

「あの、アンナマリーの貴族籍を残すと言いましたが、それは……」

「ちゃんと理由はあるよ。その前に、オスカーの事で君に聞きたい事があるんだ」

そういえば彼はどうなったのだろう。あの日の事を思い出し、胸が痛む。

「ロイク達から彼の君への仕打ちを聞いた。その上で聞くけど、彼を許す？　許さない？」

答えは決まっている。

「許します」

迷う事なくアンネリーゼは即答した。

「だろうね、君ならそう言うと思ったよ。ちなみに、オスカーと君の婚姻は無効になったから、君は未婚の身だよ。でもって、彼はアンナマリーと籍を入れた」

婚姻の無効にも驚くが、それよりもアンナマリーと籍を入れた事の方が驚いた。正直、情報量が多過ぎて頭が混乱しそうだ。

「ですが、アンナマリーは修道院へ行くのでは……」

「うん。だから、そのためにアンナマリーの貴族籍は残したんだ、籍だけね」

アンネリーゼは首を傾げる。意味が分からない。

「そしてこれから彼をどうするかは、君に委ねられる。現在ラヴァル伯爵家は空白な状態だから、実質的な家長は君となる。この国では女性は爵位を継ぐ事ができないからね。そこで考えられる選択肢はいくつかあるよ。まず、君が君の意思でオスカーと改めて結婚して元に戻る。その場合はすぐに彼とアンナマリーの籍は抜いて、彼と君の籍を入れる。次に、君は別の伴侶を見つけて結婚してラヴァル家に戻る。その場合、オスカーはアンナマリーとの婚姻は解消。彼はラヴァル家とは無縁となる。三つめ、オスカーに家督を譲渡し、君はラヴァル家からは去る。さて、どうする？」

なるほど、最後の選択のためにアンナマリーとオスカーは籍を入れたわけだ。自分と彼の婚姻が無効となれば、彼はラヴァル家とは無縁の人間となってしまう。だがそうなると、三つ目の選択肢が成立しない事になる。だからこそ、アンナマリーとの婚姻が必要となる。

フランツを見ると、含みのある笑みを浮かべていた。きっとアンネリーゼがどれを選ぶのか、もう分かっているのだろう。

「彼に家督を譲渡し、私はラヴァル家から去ります」

三つめの選択肢は、きっとフランツの優しさだ。無論オスカーにではなく、アンネリーゼに対してのだ。誰も継ぐ事がないまま放置はできない、だがラヴァル家に囚われて生きたくない、そんなアンネリーゼの思いを汲んでくれている。オスカーとアンネリーゼ、どちらにも最善の道だろう。

「じゃあ、そのように手配しておくよ」

◇◇◇

「嫌よ‼　どうして私が修道院なんか行かなくちゃいけないのよ⁉　私は絶対行かないわよ‼　ねえ、お母様は⁉　お母様を呼んでよ！」

「アンナマリー、君に選択する権利はない。それと、君を溺愛して何でも言う事を聞いてくれたお母様はもういないよ。君の両親はね、もう貴族でも何でもないんだ。これからは痩せた土地を耕して自給自足しなくちゃいけないから、それもいつまでもつかは分からないけどね」

フランツは彼女を見て冷笑していた。軽快な足取りでそんな二人へと近付くと、彼女はこちらに気づき睨んでくるので、同じく笑ってみせる。

「カミーユ⁉　ねぇ、貴方今までどこに行ってたのよ⁉　早く私を助けなさい！」

哀れなほどの頭の弱さに呆れる。カミーユは必死に伸ばされたアンナマリーの手を振り払った。

「申し訳ございません、アンナマリー様。私は貴女《あなた》をお助けする事はできません」

「何ですって⁉　貴方、私を裏切るつもりなの⁉」

「おかしな事を言いますね。私は元々こちら側の人間です」

アンナマリーは侍従等に拘束され、無理矢理馬車に押し込められる。だが往生際が悪く、それでもまだ喚《わめ》いている声が漏れ聞こえてくる。最後までうるさい娘だ。だが程なくして馬車はゆっくりと動き出した。

「あはは、アンナマリーの顔見た？　鳩が豆鉄砲を食ったような顔してたよ」

「左様ですね、フランツ殿下」

「カミーユ。長い間、ご苦労様。君がアンナマリーを監視して色々と誘導してくれて助かったよ」

カミーユがアンナマリーに接触した際、時を同じくしてリシャールの侍従達が送り込まれてきたので、面倒になると思い、彼らを暫く拘束しておいたが、今はもう解放してある。

「ここまでされたのに、本当に兄君に譲られてよろしいのですか？」

「兄さんにはさ、幸せになってもらいたいから……だから、いいんだ」

少し寂しそうに笑うフランツを見て、眉根を寄せた。本当に不器用な人だ。兄のために愚かなふりをして、こうして好きな女性まで兄に譲ろうとしている。見ているこっちが、やるせない気持ちになってしまう。

「でも……」

「……？」

「あまりにモタモタしているなら、奪っちゃうかもねー」

いつもの彼の顔に戻った。

「流石《さすが》フランツ殿下、そうでないとつまらないです」

すると、フランツは懐《ふところ》から小さな袋を取り出した。

「あ、もうなくなっちゃった……これ最後の一個だ。ちぇ、大事に食べてたのにな」

「それは、飴ですか？」

「うん、アンネリーゼからもらったんだ！」

屈託ない彼の笑みに、カミーユもつられて笑った。

◇◇◇

あれからアンネリーゼは屋敷に戻り、十日ほど経った。

「君、意外とちゃっかりしてるよね……。転んでもただでは起きないタイプ？」

正面に座っているフランツは、呆れ顔に見える。

「それは、どういう意味ですか」

「いや、だってさ……誓約書だなんて。しかも、この紙の束……」

フランツはそう言いながら紙をペラペラと捲《めく》っていく。

そんなに変な事だろうか……？　貴族なら当然の事だと思うのだが、疑問だ。

「誓約書はいいとしてもさ、流石《さすが》に細か過ぎない？」

「そうですか？　私はむしろ少ないくらいだと思います。領地を管理するという事は、領民達の命を預かるも同然ですから。オスカー様には、最低限それくらいの事はしてもらわないと困ります」

「いやまあ、そうなんだけど。それにしてもさ……君、本当は彼の事許すつもりないんじゃ……。これじゃあ、伯爵という名の奴隷か、良くて召使いみたいだよ」

フランツから苦笑され、アンネリーゼは首を傾げた。

「これさ、本当に一体いくつあるの……。えっと……何々……」

そう言ってフランツは誓約書を読み上げる。

領民を大切にする。領民から意見や相談の申し出があった場合には、必ず親身になって寄り添う。

税は今を最高とし、それ以上は税の引き上げを禁止する。

モルガンを実子と思い接し、責任を持ち育てる。教育の一環として叱責などは許可するが、暴力は認めない。休みの日には親子の時間を必ず作る。

モルガンが成人したら、即座にラヴァル家の家督を譲り渡す。

家督をモルガン以外に譲り渡す事を禁止する。又、アンナマリーやその両親との接触を禁止する。

内縁の妻を娶《めと》る場合、もし子ができてもラヴァル家とは無縁とする。故に、内縁の妻子は財産分与の対象外とする。

一ヶ月の休みは四日まで。一日の労働時間は最低八時間以上。ただし、病気などになった場合は休む事は可能。

使用人に対して、思いやりを持って接する。又給金は現状を最低とし、引き下げは禁止及び引き上げは可能。

もしこれら誓約を破った場合、ラヴァル家の全ての権利は即座にアンネリーゼに返還する。


フランツが今ざっと読み上げたのは、ほんの一部に過ぎない。まだまだ事細かく書き記してある。

だが、爵位を継ぐ上で当たり前の事しか書いてないはずだ。

「このモルガンへのお小遣い、年齢別に記載してあったり、睡眠時間とか細か過ぎる……。しかもさ、オスカーのお小遣いって……伯爵なのに、お小遣い制なんだ……」

「基本、金銭管理は昔からラヴァル家に仕えてくれている侍従がいますので、そちらに任せてあります。その他の仕事なども、ラヴァル家には優秀な人材がいますから、心配はいりません」

「いや、そういう事言っているわけじゃないんだけどね……」

誓約書は原本の他に写しを三つ作成した。オスカー用、国王用、予備だ。

「では、申し訳ありませんが、オスカー様に署名をもらってきていただくようにお願いします」

丁寧に頭を下げてフランツに全ての誓約書を渡し、顔を引きつらせながら彼はそれらを受け取る。

「……彼、署名するかなぁ」


フランツに誓約書を預けてから一ヶ月あまり経ち、彼が屋敷を訪ねてきた。

「誓約書に全て目を通してから一時間くらいは放心状態で、話しかけても何の反応もなくてさ。本当疲れたよ～。まあ結局悩みに悩んだ末、署名をしてたけど」

「フランツ様、本当にありがとうございました」

彼から原本と予備を受け取る。残りのもう一つは、既にフランツから国王へ渡してもらっていた。

「でさ、こんなに頑張った僕にご褒美は～？」

「ご褒美……」

一瞬また脳裏に飴が浮かぶが、流石《さすが》にダメだろうと思い直す。フランツには色々とお世話になっているし、今度こそ正式なお礼をしなくてはならない。だがすぐには思いつかない。

「少し時間をいただけますか？　考えておきます」

そう言うと、フランツは不満げに頬を膨らませる。

「絶対に、忘れないでよね！」

「あはは、分かりました」

出された焼き菓子に手をつけながら、お茶を啜《すす》る姿に苦笑した。かなり寛《くつろ》いでいる。呆れつつも、懐かしさに少し寂しさを感じてしまう。

「でさ、君はこれからどうするの？　誰かと結婚しないの？」

「え、あー、そうですね……」

「ラヴァル家から籍は抜けたから、貴族として暮らしていくには、誰かと結婚するか養子になるしかないよ」

ラヴァル家からは生前贈与として、ラヴァル家の遺産の三分の一はもらい受けたので、取り敢えず生きていく上では生活には困らない。それにアンネリーゼの性格上、遊んで暮らすなどは考えておらず、無論仕事を探すつもりだ。少し前までそう考えていたのだが……

「実は先日、リシャール様が屋敷を訪ねていらっしゃいまして……。その際に、リシャール様の知人の方の養子にならないかとお話をいただいたんです」

「兄さんが？　ふ～ん……」

一瞬目を丸くしたフランツは、黙り込んだ。

「明日、その方にお会いしてお話しする事になっています」

「……名前は？」

「ノエ侯爵と伺っています」

◇◇◇

アンネリーゼが城を出て行き、半月が経つ。

数日前、フランツから彼女がオスカーに対して誓約書を作成したと聞いた。その際に中身を少し確認させてもらったが、目を見張る程細かかった。キッチリとした性格だとは思っていたが、あれは流石《さすが》に苦笑せざるを得ない。オスカーがどう判断するかは知らないが、もし自分だったら署名などしたくない……ではなく、今はそれどころではなかった。

「はぁ……」

リシャールは、何度目か分からないため息を吐いた。

「如何《いかが》なさいましたか」

「エルマか……いや、何でもない」

適当に誤魔化すと、エルマは怪訝《けげん》そうな顔をした。だが、リシャールは素知らぬふりをしてお茶を啜《すす》る。余計な事を言えば、またガミガミと口うるさく言われるのは目に見えている。まして彼女の事で悩んでいるなど知られたら、軽く小一時間は説教されるだろう。

「また、あの娘の事ですか」

瞬間、ゴホッ！　ゴホッ!!　とリシャールは盛大に咽《む》せた。

「さしずめ陛下から、あの娘と婚姻を結びたいならそれ相応の後ろ盾を用意するように、とでも言われたのではありませんか」

「何故知っているんだ!?」

「大体想像がつきます」

相変わらず察しがいい……。完全に図星だった。アンネリーゼが城から屋敷へと戻ったすぐ後に、リシャールは父に彼女との婚姻を申し出た。だが、父には即座に突っぱねられ取り付く島もない……。それから、毎日直談判をしに執務室へと足を運んでいたのだが、ある日父から「そんなにあの娘を妃にしたいならば、それ相応の後ろ盾を用意する事だ。話はそれからだ」と言われた。

頭には何人かの候補は浮かんだが、正直信頼には欠ける。有事の際に、彼女を人質に取られかねない。情けないが、手詰まりだった。リシャールは王太子ではあるが、やはり母の影響もあり正直味方は少ない。未だにフランツを担ぎ上げようとする勢力もあるくらいだ。

「候補は見つかったのですか?」

「聞かなくても分かっているだろう……」

リシャールを知り尽くしている彼は、分かった上でそんな事を聞く。本当にいい性格をしている。

「……私がなりましょうか」

長い沈黙の後、彼はそんな事を言った。

「何をだ」

「ですから、その娘の後ろ盾にですよ」

耳を疑ってしまう。まさかあのエルマがそんな事を言い出すなんて、驚きだ。

「何ですか、その目は。嫌でしたら結構ですが」

「い、いや、嫌とかではなく、驚いていただけだ。あんなに反対していたくせに、どういう風の吹き回しだと思ってな」

「興味が湧いたといいますか、まあそんなところです。ただし、正式な判断は彼女と面談してから決めさせていただきます」

◇◇◇

無表情な方だ。アンネリーゼは前を歩く、ノエ侯爵の背中を見ながら思う。

今朝、約束の時間に登城すると、リシャールとノエ侯爵が出迎えてくれた。そして、挨拶もそこそこに馬車に乗せられた。道中終始無言無表情の彼に、アンネリーゼは気まずくて仕方がなかった。

ちなみに「リシャール殿下は仕事がございますので、留守番です」とやはり無表情で彼に言い切った。有無も言わせない態度に思わず苦笑してしまった。なので、リシャールはここにはいない。

「さあ、どうぞ、おかけください」

客間に通され、長椅子に座るように促されるがアンネリーゼは座る事はない。

「……よくできたお嬢さんですね」

眉を少し上げながら、ノエ侯爵は先に座る。それを確認した後、アンネリーゼも軽く会釈をしてから座った。

「改めまして、私はエルマ・ノエです。長年リシャール殿下の側近兼お守りを務めております」

（お守りって……）

冗談を言いそうなタイプには見えないので、恐らく本気で言っているのだろう……

笑う場面ではないと分かっているが、思わず頬が緩みそうになり堪《こら》える。

「初めまして、アンネリーゼです。本日はお忙しい中、このような機会をいただきありがとうございます」

「まあ挨拶はこれくらいにして、私は回りくどい事を好みませんので、単刀直入に言います。貴女《あなた》は王太子妃になる覚悟はおありですか」

「……」

いきなり王太子妃にと言われたアンネリーゼは息を呑む。相手の真意を探ろうと彼を見るが、無表情過ぎて何を考えているのかが分からない。

「もし貴女《あなた》にその覚悟がおありでしたら、貴女《あなた》を私の養子に迎え入れます」

『アンネリーゼ、私には君が必要だ。王太子妃になってほしい』

屋敷を訪ねて来たリシャールの言葉を思い出す。

正直に言えば、全く考えた事がないわけじゃない。もしもリシャールと結婚できたなら……そんな風に思ってしまった事もある。あの日、小さな教会の絨毯を二人で歩いた時、彼にとっては予行練習に過ぎなかったが、アンネリーゼは少しだけそんな未来を思い描いた。ただ彼は王太子であり、自分には分不相応だと彼への想いはそっと胸の奥にしまい、忘れる事にしたのだ。だがやはりお披露目の時やその後、また彼と接する機会ができて、彼の側にいたいと思ってしまった。我ながら浅ましいと思う。

「覚悟はあります」

「……」

「ですが、相応《ふさわ》しいとは思いません」

射貫くような鋭い視線を向けられ、内心怖気づきそうになるのを堪《こら》え、視線は逸らさない。

「私は生家を捨てました。本来ならば、私が責任を持ってラヴァル家を管理していくべきだとは分かっていましたが……私自身の弱さと我儘《わがまま》でラヴァル家を離れたんです。たとえノエ侯爵の養子にしていただけたとしても、そんな人間が王太子妃に相応《ふさわ》しいとは思えません」

「なるほど、分かりました。……ではこちらに署名をしていただけますか」

彼は一枚の紙をアンネリーゼへと差し出した。内容にざっと目を通すと、目を見張る。

「あ、あの！　これは一体……」

その紙にはノエ侯爵との養子縁組に関する記載がされており、それに同意する旨が書かれている。

彼は自分の話を聞いていなかったのだろうか……。

「貴女《あなた》はご自分をよく分かっていらっしゃる。人は時に間違えたとしても、それを教訓とする事で、常に向上して正す事ができます。貴女《あなた》にはそれができると私は考えています。お披露目の日、実は広間に私もおりました。貴女《あなた》が陛下に臆する事なく堂々と話す姿、自身への評価、人望など感服致しました。勿論、貴女《あなた》のした事が正しいかは別問題ですが」

彼は褒めてから落とすタイプかもしれない……

「ただ、アンネリーゼ様のような王太子妃、ひいては王妃がいても悪くない、いやむしろ、そんな未来を見てみたいと、私に思わせてくれたんです。あれから暫くの間、貴女《あなた》の動向は監視させていただきましたが、あの傍若無人《ぼうじゃくぶじん》なフランツ殿下の手綱《たづな》もうまく握られており、驚きました。それにあのロイド様やシャルロット様方とも随分と親しいとあり、なかなか見込みがありそうです。そして極め付けはあの誓約書、私も拝見させていただきましたがとても素晴らしい……血も涙もない完璧なまでの冷徹さ、頭が下がります」

(冷徹さって……)

色々と気になる言葉に顔が引きつる。これは素直に喜んでいいのか、嫌味と捉えればいいのかが分からない。フランツにも細かいと指摘されたが、どうしてもアンネリーゼにはピンとこない。全て当たり前の事だからだ。領主ならば領民達のために身を粉《こ》にして働くのは至極当然である。領主は彼らから税を徴収し活用して、領民達や自分達が安心してより豊かに暮らせるようにする義務がある。それに税は、別名血税とも呼ばれており、その意味を絶対に忘れてはいけない。

「というのは冗談です」

(冗談……。無表情で冗談を言う方を初めて見ました……)

「ですが、よくできた誓約書でしたよ。至極当然な事ばかりですが、人は当たり前の事を時に見失う事があります。そんな時に、あの誓約書は歯止めになるでしょう。それに、目線が貴族側《こちら》ではなく領民《あ》や使用人《ちら》側なのも評価できます。さて少し話が逸《そ》れましたが、ここからが本題です。残念な話ですが、リシャール殿下には味方があまり多くはありません」

彼はリシャールの生い立ちを語り出す。リシャールの母であるセレスティーヌ妃の事や、第二王子であるフランツとの対立関係……。厳しい母の監視下で、彼は幼い頃より教養や作法などを徹底的に叩き込まれ、腹違いの弟に負ける事のないようにと言われ続けた。雁字搦《がんじがら》めで自由などどこにもない。自分と重なる気がした。やるせなくて腹立たしくて、苦しくなってしまう。そんなリシャールにとっての救いは、アレキサンドロスやノエ侯爵の存在だったはずだ。彼らがいてくれて本当に良かった。

「それ故、一人でも多くの味方が欲しいと考えています。……アンネリーゼ様、あの方の味方になっていただけませんか。誰よりも近い場所であの方を、貴女《あなた》が支えてあげてほしいんです」

そこで初めて彼の無表情が崩れた。眉尻を下げ、微笑する。その表情だけで彼にとって、リシャールがどれほど大切な存在なのかが伝わってきた。彼はそのまま頭を下げる。

「ノエ侯爵、頭を上げてください」

「……少し取り乱しました、申し訳ございません。ですが、これは私の本心です。貴女《あなた》こそがリシャール殿下の妃に相応《ふさわ》しいと思っております」

アンネリーゼは居住まいを正すと、彼をまっすぐに見た。

「一つお伺いしたいのですが、リシャール様はこの事をどう思われているのですか」

今回の事は彼からの提案ではあるが、その真意までは分からず、不安に感じる。

アンネリーゼは服の上から指輪を握り締めた。

「全て、リシャール殿下のご意向です。アンネリーゼ様を王太子妃にと、あの方自身が強く望まれております」

迷いのないその言葉にアンネリーゼは深く息を吐き、気持ちを落ち着かせてからペンを手に取ると書面に署名をした。

「ノエ侯爵、よろしくお願い致します」


程なくして書類は受理され、アンネリーゼはノエ侯爵の養子となった。そんなある日――

「シルヴァン様!?」

毎日、目が回るほど忙しい。教会への慈善活動、学院への通学……住まいはそのままにしているので、ノエ侯爵家の屋敷には仕事を教わるために通っている。リシャールとの婚約話も進んでおり充実はしているが息つく暇がない。そんな生活を始めて数ヶ月過ぎた頃、彼が屋敷に現れた。

「突然いなくなってしまったので、心配していたんですよ!?」

憔悴している彼を屋敷に招き入れ、リタにお茶を淹《い》れてもらった。

「ルベライトは元気にしていますので安心してください。今はご飯を食べ終えて、アレキサンドロスと一緒に寝ています」

「ごめん、アン……」

「いえ。それで、今までどうされていたんですか?」

「……」

俯《うつむ》き黙り込む彼の言葉を、アンネリーゼは気長に待つ事にする。

「実は……君の事が済んだら、僕はアレキサンドロスを回収して去るつもりでいたんだ」

忘れていたわけではない。彼の本来の目的は確かにアレキサンドロスだった。だが、シルヴァンもルベライトも今では大切な友人であり、考えないようにして逃げていた。

「でも、君達と過ごすうちに何が正しいのか、どうしたらいいのか分からなくなっちゃったんだ」

「シルヴァン様……」

「アレキサンドロスの事、出来損ないなんて言ったけど、僕だって本当は人の事言えないんだ。僕さ、こう見えて人型の精霊でね。でも精霊なのに魔法は殆《ほとん》ど使えなくて……周囲から孤立した存在だった。ルベライトは僕とは違うけど、あんな性格だからはぐれ者で周りから虐《いじ》められていたところを僕が助けて拾ったんだ」

彼の正体は知らないままだったが、まさか精霊だったとは驚愕だった。

「精霊界にも人間界と同じく王が存在するんだ。精霊王は精霊達を生み出す役割を担っているんだけど、その過程でどうしても出来損ないと呼ばれる欠陥品が生まれてしまう。数百体に一体くらいかな。精霊を生み出すには膨大な魔力が必要でね。だが魔力というものは無限ではない。だから、その欠陥品は再利用される」

再利用、その不穏な言葉にアンネリーゼは唇をキツく結んだ。その先を聞く事が怖い。

「王の中に還すんだ。人間なら……そうだね、食すと言えば分かりやすいかな」

「食す……⁉」

「さっき、僕も人の事言えないって言ったけど、僕自身も実はその欠陥品なんだ。でも人型の精霊って結構貴重だから、仕事をする事で生かされているだけでね。僕の仕事は欠陥品の管理をする事なんだ。王は決められた周期で精霊を生み出すんだけど、それが終わると暫く眠りに就くし、負担にならないように一回に吸収する量も決められているから、欠陥品はすぐには再利用されない。そのために保管庫がある。その管理者が僕で、そこからアレキサンドロスは逃げ出したんだ」

（そうすると、アレキサンドロスは精霊王に食べられてしまうという事⁉　酷過ぎる……）

突然精霊王なんて言われても現実味がない。まるでお伽噺《とぎばなし》の世界だ。だが、もしシルヴァンが話している事が本当なら理不尽過ぎる。

「それでようやくアレキサンドロスを見つけたのが、君がアレキサンドロスと出会った時だった。本来ならすぐに回収しなくちゃいけなかったんだけど、君を見た瞬間何だか躊躇《ためら》ってしまってね。暫く様子を窺う事にしたんだ。それで、アンを見ているうちに惹かれてしまった。アレキサンドロスの事もあるけど、君と一度でもいいから話してみたいって思って、あの日屋敷を訪ねたんだ。……短い期間だったけど、君達と過ごしたあの瞬間だけは自分の存在を忘れる事ができて、本当に楽しかったよ。君と出会えてよかった……アン、ありがとう」

「お礼なんて、そんな……」

眉尻を下げながらも、彼は穏やかに笑った。

「この数ヶ月、ずっと考えていた。僕は君にもらってばかりで、何も返せない……。ねぇ、アン」

心臓がうるさいくらいに脈打つ。何故だか、まだ何も言われていないのに、次に彼が何と言うのかが分かってしまった。アンネリーゼの瞳から無意識に涙が一筋流れる。

「アレキサンドロスの事は、君に託すよ。あと、悪いんだけどルベライトの事も一緒に面倒見てくれないかな。口は悪いけど、こんな僕を慕ってくれた大切な友人なんだ」

それだけ言うと、シルヴァンは席を立ち部屋から出て行こうとする。アンネリーゼは我に返り慌てて後を追って声をかけた。

「シルヴァン様！　他の方法はないんですか⁉　絶対、きっと、何かいい方法があるはずです！　私も一緒に考えます！　だからっ‼」

縋《すが》る想いで叫んだ。だが、彼は背を向け数歩歩くと振り返り「あ、一つだけアンにお願いがあるんだ」と言う。アンネリーゼの問いには答えなかった。

「ぎゅってしてもいい？」

幼い子供のように小首を傾げて笑った。アンネリーゼが戸惑いながらも静かに頷くと、彼は優しく抱き締めてきた。だが、すぐに縋《すが》り付くような強い力に変わる。

「じゃあね、アンネリーゼ」

今度こそ踵《きびす》を返すと彼は去って行った。明白な事は何一つ言わなかったが、シルヴァンはきっと、アレキサンドロスの代わりになるつもりだ。分かりたくないのに、分かってしまった。でも止める事ができなかった……。別の方法があるなら、きっと彼もそうしているだろう。

アンネリーゼには精霊の事は分からない。だからそれ以上は何も言えなかった……。何を言っても間違っている気がして――

「ピ……？」

「どうした？　元気ないな」

起きてきたアレキサンドロスとルベライトを手で包むとアンネリーゼは頬を寄せた。

◇◇◇

「アンネリーゼは努力家で偉いですね」

彼女を褒めて頭を撫でようとしたが、リシャールに手を叩かれた。

「エルマ！　私のアンネに触るな！　私の婚約者だ！　それと呼び捨てにするなと何回言えば分かるんだ！」

「アンネリーゼは、私の娘ですから、何と呼ぼうと私の自由かと」

全く私の私のと、心の狭い方だ。彼女が養女となり、早いもので一年が過ぎた。賢い娘だとは思っていたが想像以上に仕事の覚えが早く、今ではノエ家の仕事を手伝うまでになった。多忙なエルマはとても助かっている。

当初、養女とは形式的な事で、ノエ家の仕事に関わらせるつもりは全くなかった。故に実力を試すくらいの軽い気持ちで教えてみた。だが彼女はあっという間に教えた事を吸収していった。

「お姉様！　お茶に致しましょう！」

「君が好きそうな焼き菓子を持ってきたよ」

学院が休みの日、アンネリーゼはノエ家に通い手伝いをしてくれているのだが、シャルロットにロイド、ゲルト、フランツまで彼女目当てで屋敷に頻繁に押しかけてくる。この面子《めんつ》を見て、改めて彼女の人望に感心する。学院での評判も良く、今では生徒会活動も始めたそうだ。ノエ家の無愛想だった使用人達からも慕われていて、一年通った教会関係者とも良好な関係を築いているらしい。

「それにしても、本当にリシャールでいいのか？」

「確かに、今からでも遅くないから僕のところにお嫁に来たら？」

「そうですわ！　お姉様、是非お兄様のところにお嫁にいらしてください！」

ゲルトの言葉に便乗して、ロイクとシャルロットは冗談とも本気とも取れる発言をする。

「えーそれなら僕と結婚しようよ〜。僕と結婚したら毎日イチャイチャ甘やかしてあげるよ？」

「ふざけるな！　アンネは私と婚約したんだぞ!?」

「まだ婚約しただけじゃん。人生何があるか分からないよ、兄さん？」

以前に比べて、この兄弟の関係は良好になった。別に不仲ではなかったが、その関係は複雑で二人の間には見えない壁があるように思えた。だが今は違う。これも全て……

「貴女《あなた》のお陰ですね」

「……？」

小首を傾げる愛娘は、親の欲目かもしれないが本当に愛らしい。私の自慢の娘だ。

◇◇◇

「ピ！」

「こら！　返せ！」

「ピ〜〜〜」

アレキサンドロスがルベライトのおやつのドーナツを咥《くわ》えて逃げ回っていた。その光景にアンネリーゼは苦笑する。変わらない日常だ。

「ルベライトさ、彼の話をしなくなったよね」

屋敷の中庭でお茶をしていると、フランツが訪ねてきた。相変わらず清々しいくらいに図々しい態度でアンネリーゼの隣に座り、勧めてもいないのに勝手にドーナツを齧《かじ》る。

「……そうですね」

シルヴァンがいなくなり、ルベライトは暫くの間ずっと彼の帰りを待っていた。たまにどこかに探しに行ったりもしていたみたいだが、アンネリーゼは敢えて知らないふりをしていた。いつかは真実を伝えなくてはならないが、今はまだ言えそうにない。もしシルヴァンの事を知ってしまったら、ルベライトまでどこかへいなくなってしまいそうな気がして……

「シルヴァン、ルベライト置いてどこに行っちゃったのかなぁ」

「……」

フランツの言葉に黙り込み俯《うつむ》いた。

「君のせいじゃないよ」

「っ⁉」

まるで心の中を見透かされたようで、弾かれたように彼を見る。

「君はさ、すぐそうやって自分が悪いって思うよね。いなくなった理由は分からないけど、大丈夫だよ。あんなにふてぶてしいんだからさ、きっとどこかで元気にやっててさ、また突然現れたりなんかしてさ、また皆でご飯食べたりしてさ…………。だから、泣かないでよ」

「っ……私っ、泣いてなんかいません」

顔を背けるアンネリーゼに、フランツはいつになく優しい手つきで頭を撫でてくれた。

「あはは、そうだねー泣いてないよね〜。良い子良い子」

揶揄《からか》うような言葉とは裏腹に、気持ちが落ち着くまでそのままでいてくれた。

「あ、そうだ。これさ、この前破けちゃったんだよねー。繕ってくれない？」

そう言ってフランツが出してきたのは、いつかのご褒美としてあげたハンカチだ。白地に犬の刺繍を入れて渡した。理由は単純に犬っぽいからとは本人には言えない。彼は当初「えーハンカチなの？」と不満げにしていたが、一年近く経った今でも使ってくれているみたいで嬉しくなる。

「それは構いませんが、流石《さすが》に新しい物にされたらいかがですか？」

「やだよー。僕はこのハンカチがいいんだもん〜」

……フランツは本当に変わらない。だが出会った頃と比べて、彼の評価は良い方に変わった。

「分かりました。全く同じ物は難しいかもしれませんが、また新しい物を作ってみます。それで我慢してくださいね」

王子なのに、こんなボロボロのハンカチを持っているわけにはいかないだろう。少し呆れながら提案するとフランツは満足そうに笑った。

「では、こちらは処分し……え？」

差し出された古いハンカチを回収しようとしたが、フランツに奪い返されてしまった。そして彼は素早く懐《ふところ》にしまう。

「これは、僕のだからダメ～」

「もう、フランツ様、意味ないじゃないですか」

本当に仕方のない方だ。

エピローグ

「お嬢様、お手紙が届いております」

「リタ、ありがとう。あら、オスカー様だわ」

オスカーからの手紙を開くと『大変な事も多いが、何とかやっている』とあった。モルガンの成長ぶりについても書かれている。アンネリーゼはまだモルガンには会った事はないが、いつか会ってみたいと思う。いくらあんな妹の子供でも、可愛い甥には違いない。

「何と書いてあるんですか？」

「頑張っているみたい。あぁ、リタの妹の事も書いてあるわ。……『未だに掃除もろくにできない使用人で困ってる』って、ふふ。流石《さすが》アンナマリーの侍女だった事はあるわね」

「はぁ……姉として、不甲斐ないばかりです」

同じ姉として、リタの気持ちが痛いほど分かる。

「あら、追記があるわ……。えっと、『いつか君が戻ってきて、モルガンと三人で暮らせる日を願っている』」

意外としつこいというか、根性があるというか……呆れる。

「オスカー様は、まだご存知じゃないんですね。お嬢様と殿下のご婚約を」

「あはは……」

そのうちオスカーも知る事になるだろう。そうなれば、きっと諦めてくれるはずだ。

「ピ、ピ、ピ、ピ」

「もう、アレキサンドロス！　封筒で遊んじゃダメよ。おやつ抜きにするからね？」

「ピ⁉　ピ……」


それから暫く過ぎた、ある日のよく晴れた昼下がり――

「アンネ、待たせたな、すまない」

「いえ、私も今来たばかりです」

今日は城の中庭で、二人でお茶をする約束をしていた。こうして二人で会うのは半月振りくらいだ。彼が学院を卒業してしまってからは、お互い多忙でそう頻繁には会えない。

ゆったりとお茶を飲みながら、近況報告や仕事の話をする。

「随分と頑張っているみたいだな。毎日エルマがうるさいくらいに、君を褒めているぞ」

「いえ私など、まだまだです。お義父《とう》様にはとうてい及びません」

その瞬間彼は固まった。何か失言でもしてしまっただろうか……

「い、今、お義父《とう》様と言ったのか⁉　エルマを⁉」

バンっとテーブルを叩き立ち上がるリシャールに、目を見張る。

「は、はい、エルマ様からそう呼ぶようにと……」

「あの変態がっ！」

「変態なんて……」

一応養女になったのだから、それくらい普通の事に思えるが違うのだろうか……

「エルマは、まだ二十九歳なんだぞ⁉　君と年は離れているが、それでもひと回りだ。いくら養女にしたからといって、お義父《とう》様などあり得ん！」

リシャールからエルマの年齢を聞いて驚いた。確かに顔立ちは若いが落ち着いているので、てっきりもっと年上だと思っていた。だが、それにしても変態は関係ないと思う。アンネリーゼは苦笑した。

「エルマには後で私から言っておく。だから、君もエルマの事はノエ侯爵と呼ぶように」

「はい……」

今更、他人行儀過ぎるのでは……と思うが言えない。火に油を注ぎそうだ。

「ア、アンネっ！」

「は、はい！」

彼は急に叫ぶと、何故かアンネリーゼの前に跪《ひざまず》いた。戸惑いながら見ていると彼に手を握られ恥ずかしくなる。

「私はどうしようもないくらい鈍感で、君からしたら頼りないかもしれない。だが、君を大切にしたい、いや、大切にする。アンネに出会い、私の考えは随分と変わったと思う。以前までの私は自分自身の事で精一杯で、周りが全く見えていなかった。何でも諦める事が当たり前になっていて、自分の人生なのにいつもどこか他人事だった。だが、君から信頼する事の大切さや諦めず立ち向かう強さを教わった。他にもたくさんあって、全て挙げたらきちがないくらいだ。心から感謝している。これからも私の側にいてほしい」

「リシャール様……急に改まってどうされたんですか」

いつになく真剣な面持ちの彼に目を丸くする。

「あ、いや……正式に婚約したので、言っておこうと思っただけだ、他意はない」

彼は照れているのか、少し頬が赤く見えた。それを誤魔化すように、わざとらしい咳払いをする。

それがまた可笑《おか》しかった。

自分の手より大きな彼の手がアンネリーゼの手を包み、左手に嵌《は》められた指輪を優しく撫でる。

「アンネ、私は君を愛している」

立ち上がった彼の顔がゆっくりと近付いてくる。顔が熱くなるのを感じながらも、アンネリーゼは目を閉じた。彼の熱い息が唇にかかり、自分の唇と彼のそれが触れる瞬間……

「ピ（ちゅ）」

「あら、アレキサンドロス」

「ア、アレキサンドロスっ……お前っ!!」

二人の間に割り込んできたアレキサンドロスが、リシャールの代わりにアンネリーゼの唇に触れた。リシャールは顔を真っ赤にして怒るが、アレキサンドロスはしれっとしながらアンネリーゼの懐《ふところ》に逃げる。

「アレキサンドロス!!　彼女の唇を奪うとはっ……それに、そ、そこはいくらお前でも許さないぞ！　出て来い！」

「ピ～」

興奮して我を忘れた様子のリシャールが、アレキサンドロスを引っ張り出そうとして、アンネリーゼの胸元に手を伸ばしてきた。

「っ!?」

バチンッ!!

「アンネ……すまなかった……他意はない……」

項垂《うなだ》れ反省するリシャールの頬にはしっかりと手のひらのあとがついている。横目でその様子を見て、流石《さすが》にやり過ぎたと罪悪感が湧いてくる。

「私こそ、取り乱してしまい申し訳ありませんでした」

「……許してくれるのか？」

「おあいこです」

思い切って彼の頬に一瞬触れるだけの口付けをした。だがやはり恥ずかしくなりアンネリーゼは顔を勢いよく逸らす。

（自分からしたのに……恥ずかしくて心臓が止まりそうっ……）

全身が熱くて仕方ない。きっと今、顔だけじゃなく首元まで真っ赤になっているに違いない。恥ずかしさに身を縮こまらせていると、瞬間ふわりと彼の匂いがしたと思ったら背中から抱き締められていた。

「アンネ、愛している。これからは国のためだけでなく、愛する君のために頑張ると約束する」

アンネリーゼはリシャールに抱き締められたまま、彼を見た。今度こそ彼の唇はアンネリーゼの唇に触れた。

この作品に対する皆様のご意見・ご感想をお待ちしております。

おハガキ・お手紙は以下の宛先にお送りください。

【宛先】

〒150-6019 東京都渋谷区恵比寿 4-20-3 恵比寿ｶﾞｰﾃﾞﾝﾌﾟﾚｲｽﾀﾜｰ 19F
（株）アルファポリス　書籍感想係

メールフォームでのご意見・ご感想は右のＱＲコードから、
あるいは以下のワードで検索をかけてください。

アルファポリス　書籍の感想　検索

ご感想はこちらから

本書は、「アルファポリス」（https://www.alphapolis.co.jp/）に掲載されていたものを、
改稿、加筆のうえ、書籍化したものです。

この度《たび》、双子《ふたご》の妹《いもうと》が私《わたし》になりすまして旦那様《だんなさま》と初夜《しょや》を済《す》ませてしまったので、私《わたし》は妹《いもうと》として生《い》きる事《こと》になりました

秘翠ミツキ（ひすい みつき）

2024年 11月 5日初版発行

編集－木村 文・大木 瞳
編集長－倉持真理
発行者－梶本雄介
発行所－株式会社アルファポリス
〒150-6019 東京都渋谷区恵比寿4-20-3 恵比寿ｶﾞｰﾃﾞﾝﾌﾟﾚｲｽﾀﾜｰ19F
TEL 03-6277-1601（営業） 03-6277-1602（編集）
URL https://www.alphapolis.co.jp/
発売元－株式会社星雲社（共同出版社・流通責任出版社）
〒112-0005 東京都文京区水道1-3-30
TEL 03-3868-3275
装丁・本文イラスト－カロクチトセ
装丁デザイン－AFTERGLOW
（レーベルフォーマットデザイン－ansyyqdesign）
印刷－中央精版印刷株式会社

価格はカバーに表示されてあります。

落丁乱丁の場合はアルファポリスまでご連絡ください。

送料は小社負担でお取り替えします。


ISBN978-4-434-34702-3 C0093